# 龟岛
斯奈德诗集

# Turtle Island
# Poems of Gary Snyder

[美]加里·斯奈德 著
柳向阳 译

雅众文化 出品

# 目 录

自 序　　　　　　1

熊 果　　　　　5　阿纳萨齐
　　　　　　　　7　向西之路，地下
　　　　　　　11　无 外
　　　　　　　13　路边的死者
　　　　　　　15　我走进标新立异酒吧
　　　　　　　17　牛 排
　　　　　　　19　无物，无虑
　　　　　　　20　沐 浴
　　　　　　　26　土狼谷的春天
　　　　　　　28　对恶魔的咒语
　　　　　　　31　前 线
　　　　　　　33　控制火
　　　　　　　35　伟大母亲
　　　　　　　36　荒野的召唤
　　　　　　　41　为大家庭祷告
　　　　　　　43　来 源
　　　　　　　45　熊 果
　　　　　　　47　魔 力

喜鹊之歌

51　事　实
52　真正的工作
54　松树的树冠
55　不　为
57　夜　鹭
61　蛋　蛋
64　光的利用
66　在圣加布里埃尔山岭
68　在弗雷泽溪瀑布
70　布莱克台地一号矿
72　沿鸭川支流而上
74　它喜欢的
76　麻
77　野蘑菇
79　地球母亲：她的鲸鱼
84　富　饶
85　人类植物志
87　直溪—大火地
91　哈得孙朽鹬
98　没看到这个春天光亮的两只幼鹿
100　两个神人
102　阿勒格尼的雨
103　鳄　梨
105　什么步骤
107　为什么运原木的卡车司机比禅修
　　　生起得早
108　基　岩
110　眼花缭乱
111　"猎师前不得说本师戒"
112　液态金属式快速增殖核反应堆
114　从"马尔菲公爵夫人"走回家
116　喜鹊之歌

| 写给孩子们 | 121 啊 水 |
| --- | --- |
| | 122 玄 |
| | 123 沾了土的背带 |
| | 125 赫梅斯普韦布洛戒指 |
| | 127 明日之歌 |
| | 129 这里以前发生过什么 |
| | 135 朝向顶极 |
| | 142 写给孩子们 |
| | 144 说到诗人 |

| 坦诚之言 | 149 四个变化 |
| --- | --- |
| | 164 "活力是永恒的快乐" |
| | 168 荒 野 |
| | 174 "在此"意味着什么 |
| | 177 关于《说到诗人》 |

| 译后记 | 180 |
| --- | --- |

献给我的母亲
洛伊斯·斯奈德·汉内斯

# 自 序

"龟岛"——这个亦旧亦新的名字,源于数千年来生息于这片大陆的族群的许多创世传说,近年来又被用来指"北美洲"。而且,人们发现世界各地都有一种观念:地球,甚至宇宙,由一只大龟或一条永生之蛇支撑着。

一个名字:让我们可以更准确地看待我们自己,在这片由流域和生命共同体组成的大陆上——植物带、地理上的省份、文化区域,以及自然界限。对于真正在此的一切,"美国"及其州、县只不过是强加的随意且不准确的名字。

这些诗讲述地方和维持生命的能量路径。每个生命存在都是一团流动的旋涡、一段形式的湍流、一支"歌"。土地,地球自身,也是一个生命存在——以另一种节奏。盘格鲁人、黑人、奇卡诺人[1]及在此登岸的其他人——非洲人、亚洲人或欧洲人——都在他们古老文化传统的最深层次上共有这些观点。重溯这些根源,理解我们古老的同心,以面对我们在"龟岛"上的共同劳作。

---

[1] 奇卡诺人(Chicano)指墨西哥裔美国人。(除特殊标注外,本书脚注均为译者注。)

熊果

# 阿纳萨齐[1]


阿纳萨齐,

阿纳萨齐,

藏身于悬崖的裂缝里[2]

种植严整的玉米和豆类田地

越来越深地沉入大地[3]

直到你们的臀部在众神间

  头上都变成了鹰的羽毛

  膝盖与肘部带着闪电

眼睛沾满了花粉

---

1 阿纳萨齐(Anasazi)是古代美洲西南部一支印第安人,擅长农业、制陶、建筑,其文化鼎盛期在公元前200年至公元1500年,是普韦布洛文化的前身。(本诗各注释参考 *A Study Guide for Gary Snyder's "Anasazi"* by Gale, Cengage Learning, 2016。)
2 指阿纳萨齐人在悬崖峭壁边建造的房屋和村落,尤其在科罗拉多州弗德台地所建,挺立至今。下一行指阿纳萨齐人发达的山地农业——特别是玉米和豆类——推动了阿纳萨齐人由狩猎转为定居。
3 指阿纳萨齐人建于地下的坑屋,既是居处又是举行宗教仪式的场所,亦隐喻他们与大地的密切关系。下面四行承此而来,写仪式上的元素:土地之神,作为头饰的鹰羽,舞蹈中的"膝盖与肘部"像闪电,眼睛沾满了象征生殖的"花粉"。

蝙蝠的气味。[1]

砂岩的味道

舌头上的砂粒。

女人们

正在分娩

在黑暗中的梯子脚下。

涓涓细流在隐秘峡谷中

在绵延的寒冷沙漠下

玉米篮　大眼睛的

红婴儿[2]

岩石边的家,

阿纳萨齐

---

[1] 指阿纳萨齐人住在地下和沿山房屋中,与原本居于此处的哺乳动物和谐相处。以下两行指他们的房屋,亦指他们在制陶过程中的劳作。
[2] 阿纳萨齐人擅长编篮(篓、筐),其编织物既是生活用具,也是精美的艺术品,既用来盛玉米,也用来背婴儿。美洲印第安人曾被误称为红种人,这种说法一直持续到20世纪。

## 向西之路,地下


开裂的雪松

烟熏的大马哈鱼

俄勒冈的多云日子,

茂密的杉木林。

  黑熊沿山而上

  在普卢默斯县[1],

  圆臀正穿过窗子疾走——

**熊妻**沿海岸走动。

  那里黑莓的长枝条

  在火烧过的空地上蔓延。

围着岛屿的曲线

雾蒙蒙的火山

---

[1] 普卢默斯县位于加利福尼亚州东北部内华达山区。

继续,向日本北部。熊

和阿伊努人的鱼矛。

吉利亚克人[1]。

蘑菇视力治疗师[2],

单扁鼓,

很早以前来自中国。

带着鼓在西藏上空飞翔的女人们。

跟随森林向西,

绵延,跟随草原,

跟踪熊和蘑菇,

一路上吃浆果。

在芬兰终于洗了个澡:

  像克拉马斯人的红木汗屋[3]——

所有芬兰人穿着无跟软鞋

戴白色圆点的尖帽,

结网,捕猎,沐浴,

---

1 阿伊努人是日本北方的一支原住民。吉利亚克人是俄罗斯西伯利亚东部的一支原住民。
2 指一种用蘑菇(包括灵芝)治疗视力的传统医术。
3 克拉马斯人是美国西北部的一支印第安人。汗屋是其沐浴、净化之处。

牵着手歌唱，同时

在板凳上玩跷跷板，爱的景象——

卡尔胡——比约恩——布劳恩——熊[1]

【闪电 彩虹 巨大云朵 树
　　　鸟类的对话】
欧罗巴。"西部。"
熊消失了
　　　　除了布伦希尔德[2]？

或更古老更狂野的女神重生——将跑过
　法国和西班牙的街道
　　　带着自动火炮——
　　　在西班牙，
熊和野牛，
缺了手指的"红手"，
红蘑菇曲径；
闪电萦绕的迷宫，

---
1　原文分别是芬兰语、多种北欧语言、德语及英语的"熊"。
2　北欧传说中的女武神。

洞穴里的画，

地下。[1]

---

[1] "如果读者将'熊果'这一篇章的前五首联系起来，就会看到它们建立了一个模式，其中，《阿纳萨齐》描绘了在一个特定时间和地点的特定路径，是'适宜的栖居'的一个历史案例。然后，《向西之路，地下》将美洲原住民的经验，通过熊崇拜母题，与全球其他民族及相关信仰联系起来……这首诗也体现了斯奈德在自序结尾处的呼吁。最后一行'地下'强化了阿纳萨齐与其他文化的这种联结，与前一首诗中'越来越深地沉入大地'相呼应。"（Patrick D. Murphy, *Understanding Gary Snyder*, University of South Carolina Press, 1992, p.112）

# 无 外

内在

　自然的

　　沉默。

内在的力量。

无外的

　　力量。

凡物经过即是路——

自身没有尽头。

尽头是，

优雅——安逸——
治愈，

不是拯救。


**歌唱**

证据


内在力量的证据。

## 路边的死者


怎么会有一只巨大的红尾鹰
  在这里——全身僵硬干枯——
    在州际5号路[1]的
      路肩上?

她的热爱舞蹈的双翼

扎克剥了一只头被压碎的臭鼬
  用煤油洗了皮,挂着,
    棕褐色,在他的帐篷里

幼鹿在万圣节前夜炖上
  在四十九号高速路上被卡车撞了
    从嘴里喂麦片;
      把它剥了皮。

运原木的卡车靠化石燃料行驶

---
[1] 州际5号路是美国西海岸的南北干道。

我从未见过蓬尾浣熊，后来在路上发现一只：
 用斜钉把它刐囹剥皮
  脚掌、鼻子和胡须还在；
   浸泡在盐水里
    硫酸味的酸腌水；

她将成为装魔法工具的小袋子。

雌鹿显然是被击中了
 纵向穿过一侧——
  肩和肋腹外边
   肚子里都是血

也许能救下另一个肩
 如果她没有躺太久的话——
向她们的灵魂祷告。请她们祝福我们：
 我们古老姐妹们的小径
  如今铺了横穿的道路，杀死了她们：
   夜一样闪光的眼睛

这些路边的死者。

## 我走进标新立异酒吧

**我走进标新立异酒吧**
在新墨西哥州的法明顿市。
喝了两份波旁威士忌

    接着喝啤酒。

我的长头发在帽子下面折起
耳环留在了车里。

两个牛仔在台球桌旁

    表演马戏,

一位女服务员问我们

    你们从哪里来?

一支西部乡村乐队开始演奏
"在穆斯科吉,我们不吸**大麻**"[1]
随着下一首歌,

    一对舞伴开始跳舞。

---

[1] 出自美国乡村歌手梅尔·哈格德(Merle Haggard,1937—2016)演唱的歌曲《来自穆斯科吉的俄克人》。俄克拉何马州有穆斯科吉县,名字源于原住民穆斯科吉人。

他们拥在一起，像在五十年代

　　高中生舞会上一样；

我想起当初在森林里的工作

　　还有在俄勒冈马德拉斯的酒吧。

短发的快乐和粗野——

　　美国——你个傻瓜。

我几乎又能爱你了。


我们离开——上了高速路的路肩——

　　在坚固久远的群星下——

在虚张声势的阴影里

　　我回到我自己，[1]

回到真正的工作，回到

　　"应该做的事"。[2]

---

[1] "但此处的含混——未明确说出来的承诺、排斥和畏惧的感觉，混合着怀旧和喜爱——事实上随着'我回到我自己'这句诗一起消失了。斯奈德在此处认识到他的价值观与那些普通的同伴多么不同，也认识到他必须继续坚持自己的价值观。"（Charles Molesworth, *The Political and Poetic Vision of Turtle Island*, Critical Essays on Gary Snyder, ed.Patrick D. Murphy, G.K.Hall & Co., 1991, p.149）

[2] "第五首，《我走进标新立异酒吧》，是相当受关注的一首诗，包括正面和负面。在这首诗中，斯奈德发现自己的传统与他在此处遇到的人们的传统是一样的（这个话题在《沾土的背带》中再次提及）。"（Patrick D. Murphy, *Understanding Gary Snyder*, pp.111-112）

# 牛 排

在一个峭壁上,那家牛排馆
称作"余烬"——称作
"炉边"
标牌上有一张微笑的迪士尼母牛[1]
或者是牧场主的骄傲——巨大的
竖立的赫里福德种畜场的全彩照片
在电话亭上方
他的带血的切片牛肉
  在里面供应;
 "半熟"

商会在那里吃饭,
客座讲师,
穿着丹佛套装的牧场主,
日裔美国动物营养专家
  来自堪萨斯

---

[1] 指迪士尼公司的卡通形象母牛克拉拉贝(Clarabelle Cow)。

戴着佛珠；

沿着轨道往前
在冰冻泥泞里，在饲料场，
喂剩余粮食
（被撕裂的土地）
肉牛站成圆形——
喂得膘肥体壮。
冒着热气，步子沉重，
长长的系绳，慢慢思考
随着它们
呼气的节奏，
结了霜——微风——
草原清晨的天空。

**无物，无虑**

父亲是空
妻子　波浪

他们的孩子是**物**。

**物**与他的母亲做那事
他们的孩子是**生命**，
　　　一个女儿。

这个**女儿**是**伟大母亲**
她，把父亲兼兄弟**物**
　　　当情人，

生下了**虑**。

# 沐 浴

在桑拿屋给凯洗澡,
煤油提灯放在一个箱子上
　在与地面平齐的窗子外面,
照亮了铁炉边缘和
　下面平板上的浴盆
热气腾腾,和水珠的滴答声
　在屋顶的石板上扫过
他站在温水里
肥皂擦满了他光滑的大腿和肚子
　"加里,别用肥皂擦我的头发!"
　——他怕蜇痛了眼睛——
　擦了肥皂的手摩挲着
　往上到裆部,绕着他身上的
　球球和曲线,
洗着痒着,洗了阴囊,小肛门,
　他的阴茎弯曲着起来慢慢变硬
　当我拉回表皮,试着给它洗一下
他笑着跳着,四下里甩着胳膊,

我蹲着,也全身赤裸,

**这是我们的身体吗?**[1]

出汗,气喘吁吁,炉子的蒸汽,热石头

 雪松板材木桶,水泼溅着

 煤油提灯忽明忽暗,松林吹来的风

 山脉,森林,山脊,夜晚——

玛莎进来了,让新鲜的凉爽空气

 从门口扫下来

 一个甜美的深呼吸

她利索地抓着给他翻了个身,自己单膝跪下

 她的头发垂下来遮了整整一侧的

 肩膀、乳房和肚子,

灵巧地给凯洗了头发

 当他兴奋,大叫——

我妻子的身体,蜿蜒的脊骨,

 大腿之间我抵达的地方,

 捧住她弧形的外阴并从后面抓住它,

---

1 "对这首诗及《为大家庭祷告》一诗,还应注意其中宗教圣礼的特质和每首诗的语调。诗人通过'我们的身体'这样的叠句——这种呼应天主教圣餐仪式的语言,明确表达了这一观点(但使其具有复数性质):每个身体都通过相互的共同创造和依存而成为我们的身体。"(Patrick D. Murphy, *Understanding Gary Snyder*, p.113)

一种肥皂的痒　一只捧着圣杯的手
妙门重重
它们打开了一个转动的双重镜像的世界
　　子宫中的子宫，一环环，
　　从音乐开始，
　　　　**这是我们的身体吗？**

种子的隐藏之地
静脉网络流过肋骨，聚集了
　　奶水，在乳头里耸起——适合
　　我们的嘴——
从这里吸出的奶水，我们的身体送遍
　　光亮的颠簸；儿子，父亲，
　　分享母亲的快乐
这快乐给张开而蜷曲的莲的妙门之花
　　带来一种温柔，我捧起亲吻
当凯对着他母亲的乳房发笑——他如今
　　已经断奶了，我们
　　互相洗着，
　　　　**这是我们的身体**

凯的小阴囊紧贴着腹股沟，

种子仍隐藏着,当初在流动中从我们
转移给他,那流动引起快乐力量
　一如他后来吃玛莎的奶,
　　摆弄着她的乳房,
或者是我在她里面,
或者是他正在出现,
**这是我们的身体:**

干净,冲洗后,又出更多汗,我们伸直身体
　在红木长椅上,心脏都在跳动
轻轻呼应着炉子里闷着的火,
　雪松的香味
然后转过来,
　野草的喃喃自语,
　说个不停的柴火,
想知道玄睡得怎么样,怎么把他抱过来
　也赶紧给他洗——
这些男孩爱他们的母亲
　她爱男人,也把她的儿子们
　传递给别的女人;

云过天空。刮风的松树。

沼泽地里的潺潺流水。

**这是我们的身体。**

火在里面，煮沸的水在火炉上
我们松了口气，从长凳上滑下来
　裹着婴儿，走到外面，

黑夜，繁星。

在背部和腿上泼冷水
走进屋里——在中间的火边站着，热气腾腾
凯在羊皮上活蹦乱跳
玄站着，吊着，大喊大叫，

"抱！抱！抱！抱！抱！"[1]

这是我们的身体。交叉着腿在火焰边挺直
　饮着冰冷的水
　　抱着婴儿，亲吻肚子，

---

1　原文是汉语拼音bao。

在大地上逗笑

从浴缸出来。

## 土狼谷的春天[1]


幼兽

在潮湿的树叶中跌跌撞撞

鹿,熊,松鼠。

清新的风擦亮了

春天的星星。

在阴沉的山下

岩石崩落

深泥变硬。


变换之物

鸟,野草,

掠过空中

掠过眼和耳,

---

[1] 土狼谷(Coyote Valley)位于加州圣何塞市最南端。(本诗注释参考 *Poetic Animals and Animal Souls* by R. Malamud, Palgrave Macmillan, 2003, 下文不再说明。)

土狼谷。奥莱马[1]

正当春天。

洁白庄严的陀罗花

而在遥远的**塔马尔**[2]

一个逝去的族群

漂浮

在小小的莎草船里。[3]

---

[1] "斯奈德似乎被以动物命名的地方吸引。奥莱马，附近的一个城市，名字出自曾居于此地的米沃克印第安人的'土狼（Ola）'一词，因此，在这首诗中，土狼以不同的语言两次被提及，以此强调它们的在场——甚至，斯奈德暗示了它们对土地的基本要求。"（p.162）

[2] "塔马尔（Tamal）是曾居于太平洋海岸的另一个印第安部落。这首诗中仅有的人来自很久以前——与如今居住于此的人相比，他们是不那么贪婪的居民……正如土狼谷一样，人们再次用曾长居此地的人（塔马尔）来命名这片土地。"（p.162）

[3] "这首诗描绘的首先是一个动物的世界——亘古如斯——而人已经'失去了'这种敏感，斯奈德在此试图让人们重返于此。这一前景，如斯奈德所见，是以动物为中心的。如果人们想进入这首诗，重新返回世界，他们需要划起他们的莎草船，透过自然，抵达自然——回到自然，回到动物们正等待之地。"（pp.162-163）

## 对恶魔的咒语

**以人民**之名
　释放恶魔能量的
　　必须停止

**以自然**之名
　弄乱血牲的
　　必须停止

**以自由**之名
　令人窒息地自我放纵于愤怒的
　　必须停止

这是清澈消失的原因
怜悯毁灭的原因

那人有狼的灵魂
知道狼的
自我约束

无目的的处决和屠杀

不是狼和鹰的工作

而是歇斯底里的羊的工作

恶魔必须被吞噬!

自私必须被

    减少

愤怒必须被

    埋葬

无畏,幽默,超脱,是力量

知识是**变革**的秘诀!

**打倒**恶魔杀手,他们说的是革命的

口号,把变化的潮流弄得难以理解,愿他们

受制于绞索,听命于

**不动尊阿遮罗**[1]**的金刚宝剑**,他是**智慧之王**,

**火之王**,他眯着眼睛,面目恐怖

露着暴牙,王冠上面是断了花头的

---

1 阿遮罗(Achala),即不动明王,又称不动尊菩萨。"不动"表其慈悲心坚固,"明"即智慧,故本诗中称"智慧之王"。不动明王的常见形象是左眼细闭,下齿咬上唇,愤怒状,背负猛火……

花环,披着虎皮,他把

**愤怒变成圆满成就**

  他的力量同于熔岩,
   岩浆,深岩层,火药,
    和太阳。

他拯救被折磨的聪明的恶魔和吃污秽之物的
   饿鬼,他的咒语是

**愿成宇宙金刚力**
**能断无边盛怒火**

# 前 线

恶瘤的边缘
抵着山丘肿胀——我们感觉到
　　　一阵恶臭的风——
它又减弱了。
鹿在这里过冬
山谷中一阵电锯的咆哮。

十天阴雨,运木材的卡车停了,
树木呼吸。
星期天,房地产公司的
四轮吉普车带进来
找土地的人,检查员,他们
对土地说:
张开你的腿。

喷气式飞机在头顶发出爆裂声,这里没事;
腐烂的每一次搏动,在心脏

在米国[1]病态油腻的静脉中

都把边缘推得更近——

推土机嘎吱嘎吱移动着，顺着两侧

流口水，在刮掉了皮但还活着的

灌木丛的躯体上面冒着烟，

它受雇于

一个从城里来的人。

后面是一片通往北极的森林

还有一个仍属于派尤特人[2]的沙漠

在这里我们必须画出

我们的线。

---

1　斯奈德此处用了20世纪60年代常见的贬称"Amerika"，指美国法西斯主义或种族主义的一面。
2　派尤特人，北美洲的一支印第安人。

## 控制火

当初印第安人

在这里

一直做的,是

每年烧掉树下的灌木丛。

在树林里,峡谷上面,

让橡树和松树站得

高大疏朗

而它们下面的

草地和奇奇第斯[1],

从没有足够的燃料

让一场大火能够加冕。

现在,熊果,

(右边有一片不错的灌木丛)

挤满了新树林的下面

与伐木搬运的残枝混在一起

---

[1] 奇奇第斯(kitkitdizze),印第安部落温图人聚居地一种常见的低矮灌木,斯奈德曾以此为自己购买的土地命名。

而一场火可以扫尽全部。

火是一个老故事。
我也愿意,
以一种有益秩序的观念,
和对自然法则的
尊重,
用一场火,一场热烈清洁的
大火
帮助我的土地
　　(熊果种子要爆开
　　必须经过火
　　或经过熊的肠胃)

如此
它就更加
像,
当它属于印第安人

从前。

## 伟大母亲

不是所有走过

**伟大母亲**的椅子前面的人

只看一眼就过去。

有的人她看着他们的手

好认出他们是哪种野蛮人。

## 荒野的召唤

那个迟钝的老人夜里在床上
听着土狼唱歌
   在屋后草地上。
多年来他开牧场采矿伐木。
天主教徒。
加州本地人。
 他听土狼嚎叫了
八十年。
明天
他将打电话给政府的
猎人[1]
他们用铁制的夹子捉土狼。
我的儿子们将会失去这种
他们才开始喜欢上的
音乐。

---

1  这里指的是受雇于美国农业部的猎人。

从城市来的戒毒者

皈依古鲁或斯瓦米[1],

苦修,闪亮的

恍惚的眼睛,不再吃肉。

在北美的森林里,

土狼和鹰的土地上,

他们梦想着印度,梦想

 永远极乐的无性的快感。

睡在用油加热的

网格状的圆顶屋里,屋子

像树瘤一样卡在

森林里。

土狼的歌唱

 被打断

 因为他们害怕

 荒野的

 召唤。

---

[1] 印度教中的精神导师、哲人或尊者。

他们卖掉他们的原始雪松林,

　　数英里的参天大树,

卖给了一个伐木人,

后者告诉他们:

"树里面都是虫子。"[1]


　　　　　*


政府最终决定

发动战争　全力。被打败的

　　不算美国人。

他们飞到空中,

他们的女人在他们旁边

　　蓬松的发型

　　把指甲油放在

　　武装直升机的火炮按钮上。

---

[1] "第二部分讲述了城市嬉皮士的故事,他们移居农村是由于迷幻的宗教冲动而非出于对自然和居住的承诺。他们的行为像那个老人一样具有破坏性:选择不合适的住房,试图从另一个生物区域移植生活方式,以及出于无知而出售树木。他们也害怕土狼,因为正如斯奈德暗示的那样,他们害怕自己内心无意识的'荒野'。"(Patrick D. Murphy, *Understanding Gary Snyder*, p.116)

他们从未下来，

　　因为他们发现，

　　地面

是亲共的。泥泞。

虫子也在越共[1]一边。

所以他们轰炸，他们轰炸[2]

日复一日，炸遍地球

　　让麻雀变成瞎子

　　把猫头鹰的耳膜震破

　　把樱桃树炸飞

　　让鹿的肠子

　　缠绕

　　在尘土飞扬的晃动的石头上。

所有这些美国人在选定的城市上空

倾倒毒药和炸药

先是整个亚洲，

接下来在北美，

---

1　这里指越南南方民族解放阵线。
2　"斯奈德把美国越战时期在全世界咄咄逼人的姿态与其在国内对环境的忽视放在一起，发现一个共同的症状：整个社会对动物的崇高视而不见。"（R. Malamud, *Poetic Animals and Animal Souls*, p.164）

一场与地球的战争。
到战争结束时再也
 没有地方

让一只土狼藏身。


## 使者

 我想说

 土狼永远

 在你的内心。


 但这不是真的。

# 为大家庭祷告

感谢**地球母亲**，日日夜夜航行——
 感谢她的土壤：富饶，稀有且甜美
  **在我们心中就是这样。**

感谢**植物**，向阳的、随光而变的叶子
 和细微的根系；静静站立，经历风
 和雨；他们在流转的细纹里起舞
  **在我们心中就是这样。**

感谢**空气**，承载着高飞的雨燕和沉默的
 黎明时的猫头鹰。我们歌声的气息
 清灵的微风
  **在我们心中就是这样。**

感谢**荒野生灵**，我们的兄弟，传授秘密，
 自由和方法；与我们分享他们的乳汁；
 自我完善，勇敢而清醒
  **在我们心中就是这样。**

感谢水：云朵，湖泊，河流，冰川；

　　保持或释放；流经我们

　　整个身体的咸海

　　　　**在我们心中就是这样。**


感谢太阳：炫目律动的光，透过

　　树干，透过雾，温暖洞穴

　　里面睡着熊和蛇——他唤醒我们——

　　　　**在我们心中就是这样。**


**感谢伟大的天空**

　　拥有数十亿颗恒星——而且远远超过此数——

　　超越一切力量和思想

　　仍然在我们内部——

　　祖父太空。

　　心智是他的妻子。

　　　　**就是这样。**


　　　　　　　　　　　一次莫霍克人祈祷之后

## 来 源

进入

那片土地

那里裸露地面的岩石

几乎看不到

疾速经过的树木


熊果部落

簇拥向上,扇形铺在土壤上

一条条,一片片

灌木下有鸟和林鼠


黏土沼泽一直湿润

没有树木,禾草丛生

就像西班牙人从没有来过


我没有听新闻

云朵手指龙[1]起舞

沿山脊晃动而下

喷吐，飞旋的雪停下来

抖动着，在锯齿般的

山脊上


天晴，繁星。

树叶抓住

一些额外的微小来源

在整个辽阔的夜晚


到此

僻静

深饮

那黑光。

---

1 原文三个词语（cloud finger dragons）之间没有标点。

# 熊 果

拂晓前，土狼
　　织着草药之歌
　　梦想之网——精灵的篮子——
　　银河的音乐
　　　他们用这些把年轻女孩熬制
　　　成为女人；
　　或条纹男孩的
　　旋转舞——

月落时，松林是金紫色
就在日出前。

那只狗匆匆钻入灌木丛
回来时喘着气
巨大，在干枯的小花上。

一只啄木鸟
连续敲击，回声

穿过安静的草地

一个男人拉弓,射出　一支箭
嗖嗖,平射,
没有射中灰色的树桩,劈开了
一根光滑弯曲的熊果树枝。

熊果　枝头结了果,
一丛丛绿色的硬浆果
你看得越久
它们显得越大,

　　"小苹果"[1]

---

[1] 熊果(manzanita,源自西班牙语,"极小的苹果"),一种常绿灌木,果实为亮红色。

## 魔 力
——给迈克尔·麦克卢尔[1]


赤裸或半裸女人的美,

在不清晰或明确之中——没有

曝光；除了背部或手臂的曲线,

像舞蹈或是——唤起"另一个世界"


提婆的国度[2]，或更好的说法，

创造核心的愉悦。


带给每种哺乳动物

特别是——在某种朦胧的

名与形的完美中


如此，我可能会被征服，渴求

一匹可爱的母马或母狮，或母鼠女士，

---

1 迈克尔·麦克卢尔（Michael McClure，1932— ），美国诗人、剧作家，年轻时移居旧金山，"垮掉派"的中坚人物。
2 提婆，印度佛教中观派的创始人龙树的弟子，狮子国（今斯里兰卡）人，婆罗门种姓，以智辩著称。佛教中认为提婆是居住在天界的有情众生。

当从那里看到这种美

在她通身闪耀,像须发的甩动

或尾巴优雅的波浪

充满魔法。

充满魔法,因而

**有魔力。**

# 喜鹊之歌

# 事 实

1. 日本三百万吨大豆进口量的92%来自美国。

2. 美国人口占全世界的6%；年消耗能量占全世界的1/3。

3. 美国消耗了世界年肉类消耗的1/3。

4. 美国前1/5人口获得了工资收入的45%，并拥有总财富的77%。前1%拥有个人财富的20%至30%。

5. 一个现代国家需要13种基本工业原料。到公元2000年，美国除磷之外，其余将全部依赖进口。

6. 通用汽车公司比荷兰还大。

7. 核能主要用化石燃料补贴，而且几乎不产生净能源。

8. "七姐妹"——埃克森、美孚、德士古、海湾、加州标准、英国石油公司、荷兰皇家壳牌。

9. "太阳能没有也不会成为主要贡献者或替代化石燃料，原因是：如果没有来自化石燃料经济的能源补贴，它就没有竞争力。植物已经最大限度地利用了阳光。"——H. T. 奥德姆[1]

10. 我们的食物的基本来源是太阳。

---

[1] H. T. 奥德姆（H. T. Odum, 1924—2002），美国生态学家，能量分析的先驱。

# 真正的工作

[今天与扎克、丹恩在阿尔卡特拉斯岛和天使岛[1]划船]

海狮和鸟,
阳光透过雾
折起翅翼,懒洋洋的,
从眼睛里看你像个死人。
太阳的雾气;
一只长油轮行于水上,又轻又高。

急浪连绵的线条——
分界处的潮水——
海鸥坐着聚会
进食;
我们靠着白茫茫的悬崖滑行。

---

1 位于旧金山湾内的两个小岛。

真正的工作。

洗涤和叹气,

滑行。

## 松树的树冠

蓝色的夜

霜雾,天空

因月而亮

松树的树冠

弯曲,雪蓝,淡淡地

融入天空,霜,星光。

靴子的吱嘎声。

兔子的足迹,鹿的足迹,

我们又知道什么。

# 不 为

地球一朵花

一朵福禄花[1]在陡峭的

光的斜坡上

高悬于广阔的

坚实空间

小小的腐烂的晶体；

盐。[2]

地球一朵花

在海湾一只乌鸦

曾拍动翅膀[3]

---

1 又名小天蓝绣球，花荵科一年生草本植物。
2 "斯奈德邀请我们看我们的星球，作为一种片刻的色彩，短暂如山中一朵花。"（Marsh John Elder, *Pilgrimage to Vallombrosa: From Vermont to Italy in the Footsteps of George Perkins*, University of Virginia Press, 2008, p.282）
3 斯奈德曾在访谈中谈到这首诗："如果地球是献给佛的一朵花，那它就是一朵出自虚空的花，一朵虚无之花。但如果说'一朵虚无之花'，就太抽象了，所以'在海湾一只乌鸦／曾拍动翅膀'是把一些细节放在虚空的本性上。"（David Stephen Calonne ed., *Conversations with Gary Snyder*, Univ. Press of Mississippi, 2017, p.132）

一种微光，一种颜色

被遗忘当所有人

离开。


一朵花

不为了什么；

一份献祭；

无人领受；


雪水细流，长石，泥土。

# 夜 鹭

夜鹭在柏树上筑巢

邻近旧金山

固定式锅炉

以及高烟囱

在水边：

一只汽轮机泵

把咸水

驱入城市的静脉

主管道

如果万一

发生地震，电力故障。

水

灭火，流淌

在街道上

没有水压。


在铁闸门略微向外倾斜处

那只杂交狼狗

会钻进去,跟随
如果他的人类伙伴在他旁边
局促不安。


一支被抛弃的,衰败的,军队。
一座倾废生锈的岛上监狱
被旋转的灯光包围
神一样的拍动翅膀的鸟
真实
从未忘记它们。


我和妻子的姐姐一起散步
经过结冰的诱饵;
和一个长胡须的建筑师,
我亲爱的兄弟,
沉默的朋友,他的
小胡子湿滑地弯到他的嘴里
他有时会咬它们。


那只狗不懂法律,严格来说,
是非法的。他的脖子弓着,耳朵竖起
在苔原上捉老鼠。

一个黑人高中男生

在一个假的绿色看台上喝咖啡

试着与那只狗交朋友,

而且成了。


怎么可能

夜鹭又回来了?

到海湾上这个喧闹的地方。

像我。

众生的欢乐

在于生存

变老,变固执,被吃

尽。

在万物的管道和窄巷

在极乐和裁决的下水道,

在荣耀的清洗

治疗

播种。


我们选择我们的方式

穿过城市边缘

一早

巧妙地铺展着变化着的天空；

始终清新可爱的黎明。

# 蛋 蛋

"在活生生的句法变化中的蛇一般的美人"
——罗伯特·邓肯

凯扭动着
擦"肚脐"
擦皮肤,前面和背面
两条腿踢蹬着
肛门是敏感中心
 那儿和阴囊
 之间的连线,
中心线,
外层在变化
——鳍,腿,翅膀,
羽毛或皮毛,
他们摇摆和游泳
但蛇管的中心
火穿过:
 口到屁股,

根到

燃烧的,稳定的,

单眼。

微风在棕色的草丛中

高处的云朵深

蓝。 白。

蓝。 移动着

改变着

**我母亲**衰老的

软胳膊。走着

搀着,沿

小径而上。

凯的手

在我拳头里

颈骨,

一点儿线,

一只花环,

来自第三只眼的

辅音和元音

通过身体的花朵

一连串山峰，

一个旋涡，

向根部吮吸。

都在聚集，

嗡鸣响着，

在蛋蛋里。

**光的利用**


它温暖我的骨头
    石头说

我吸入它,生长
树木说
叶在上
根在下

广阔的茫茫白色
把我从夜里吸引出来
飞蛾边飞边说——

某些东西我闻到了
某些东西我听到了
我看到有东西在移动
鹿说——

一座高塔

在辽阔平原上。

如果你登上

一层

你能看到千里之外。

# 在圣加布里埃尔山岭[1]


我梦见——

柔软,洁白,可洗的乡村

衣物。

织成的地区。

粪便

在这岩石上;

种子,荆棘,小树枝,几片草

在我肚子上,压出花纹——

噢往昔之爱

  再次问好。

我们所有人一起

与我们所有的另爱和孩子

交织,打结

通过彼此——

盘根错节,杂乱,了结。

---

1 位于加州洛杉矶东北的安吉利斯国家森林公园。

我和你们一起跳水,

它卷回,凝固;

波浪的法则。

像峭壁一样清晰

一样甜,

一样遥远。

织入

黑暗。

松鼠的毛,

松鼠脆弱的骨头,

在狐狸

坚硬的干粪里。

## 在弗雷泽溪瀑布[1]

站在高耸的褶皱岩石上
眺望,俯瞰——

溪水落入远处的山谷。
更远处的山
面对着,半是森林,干燥
——清澈天空
强风吹过
一丛丛闪光的
松针——它们褐色的
圆形树干
竖直,不动;
沙沙响的抖动的大枝和细枝

听。

---

[1] 位于加州普鲁马斯国家森林公园。

这生机勃勃的土地

亘古自在,永远

我们**是**它

它通过我们歌唱——

我们可以生活在这**地球**上

即使没有衣服或工具!

# 布莱克台地一号矿[1]

大风尘土黄云打着旋儿

向东北五十英尺[2]

推平的斜坡路,

团团白云,

刺槐和果树稀疏的灌木

  ——给人们用的木柴

      给所有人用的木头

         在普韦布洛的人行横道上[3],

古老的母亲山

一池池水

一池池煤

一池池沙

    埋着或裸露着

---

[1] 布莱克台地(Black Mesa)位于亚利桑那州,是纳瓦霍人和霍皮人的家园,有美国储量最大的煤矿。
[2] 1英尺≈0.3米。
[3] 普韦布洛人(the pueblos),包括霍皮族在内的印第安人,主要居住在新墨西哥州和亚利桑那州的普韦布洛,其史前文化通称为阿纳萨齐文化。

孤独的卡车在坡路上缓慢行驶

冒烟的沙土

在轮胎边翻滚

在破碎的石头平原上

一台巨大的绿黄色挖掘机

呼呼地拖动

装满岩石和砾石的房子大小的铲斗


大山，

请善良，

它会在洞里翻滚


五百码[1] 路尽头

纳瓦霍人的畜栏——

竖立的枯木杆和原木

都倾斜成一个角度，

在四月起风的阳光下闪光。

---

1　1 码 ≈ 0.9 米。

# 沿鸭川[1]支流而上

释迦谷[2]——数千只小鸡

  在板墙内咕咕叫

从前焊工雕塑家的泥巴屋

  尺八池,

平整山丘而成的高尔夫球场长了枯草

  松木雕刻的骑龙女神弁才天

山脊——在平地上远离京都,

转入面朝冰室的更深的山丘——

砍短的雪松木——樵夫的小屋——


低矮的通道,这里一片残雪,

他们曾经储存冰块夏天用,

老妇人拨旺浴火

白梅花盛开

---

[1] 鸭川由贺茂川和高野川汇合而成,自北向南贯穿京都,是京都胜景所在。
[2] 释迦谷位于京都市北区山中,东临鸭川上游(贺茂川),景点有尺八池,池畔有弁才天像;又有冰室迹,其作用即下一节所写"曾经储存冰块夏天用"。

老人燃烧灌木，一把木制的锯鞘[1]

翻过边缘，下到鸭川
洁白山脉——比叡山[2]，比良山——切净了
重播种子的拼缝，果园冷杉

泥泞湿滑的小路
摇摆的双柱桥
　　　溪流咽部
　　分岔向里
有人清理灌木，种茶树
出来，在这里转身
沿着鸭川回家。

保持切近
全然舍弃。

---

[1] 这里应该是指修枝用的手锯，尺寸很小，可以配上皮制或木制的鞘。
[2] 比叡山别称天台山，日本佛教名山，在京都东北，北衔比良山，南接滋贺山。

## 它喜欢的

远高过国会大厦的
金色圆顶——
　　　　是真的!
一只大鸟高翔
衬着白云,
两翼弧形,
轻松翱翔在这
潮湿南方太阳模糊的
　　　微风中——
　　深色制服的警察
　　　注视着旅客的轿车——

而中心
权力中心无关紧要!
在此无关紧要。
古老的白石圆顶,
异常安静的人们,

地球、天空与鸟这个图案

闲散地点缀着

世界做它喜欢做的事。

华盛顿特区，1973

# 麻

——写给迈克尔·奥尔德里奇

沙洲，河岸，冰川的
疤痕，
治愈和护理着冰碛——
高大的麻类植物跟随着人

  粪堆 垃圾场 路边残枝

去绑住他的负重，放松他的心智
  去西班牙的泊船，马粪和稻草中的
  西班牙，隔着海
  从墨西哥前往

——远处一小团白云。
我们坐着等，好几天，
祈祷下雨。

## 野蘑菇

好吧趁落日的余晖明亮

我和凯已经搞到了工具

一只篮子和一把铲

还有一本包含所有规则的书


永远不要吃牛肝菌

如果管口那儿是红的

要远离鹅膏菌

否则兄弟你就死了


有时它们已经腐烂

或是茎被折断

那是鹿踢开枯草时

把它们撞倒了


我们开始在森林里

寻找野蘑菇

形状众多，颜色鲜艳

在林地的阴暗里亮闪闪

如果你在橡树下向外看
或者绕着一个老松树墩
你就会知道蘑菇来了
路上的落叶堆成了小丘

它们发出多根纤维
通过根和草皮
它们说有些可能让你感到恶心
或是带你去见上帝

所以这里已经是蘑菇之家
一个遥远的友好氏族
当食物,当娱乐,当毒药
它们助人一臂之力。

## 地球母亲：她的鲸鱼[1]


一只猫头鹰在阴影里眨眼睛
一只蜥蜴踮着脚，呼吸困难
年轻的雄麻雀伸长他的脖子，
  大脑袋，观察——

草地正在阳光里工作。把它变绿。
把它变甜。这样我们才可以吃。
长我们的肉。

巴西说"主权使用自然资源"
三万种未知的植物。
<u>丛林里实实在在的活人</u>
  被出售被折磨——
一个穿西装的机器人，正兜售一种叫作"巴西"的妄想

---

1 "这首诗写于斯奈德参加第一次联合国人类环境会议（1972年6月5日—6月16日斯德哥尔摩）后一个月，1972年7月13日在《纽约时报》刊发时前面有简短序言，说每个参会的人不是要给予，而是要获取，不是要保护地球，而要争论如何瓜分它……这首诗旨在保卫地球上所有生物。"（Patrick D. Murphy, *Understanding Gary Snyder*, pp.120-121）

会替他们说话吗?

鲸鱼转身,闪闪发光,入水

　然后鸣叫又浮起,

悬身于微微变暗的深处

漂浮着像正在呼吸的行星

　在生命之光的

　　火花闪动的螺纹里——

哪些种类的鲸鱼可以杀死?

　日本对于这样的言论嗤之以鼻

一个曾经伟大的佛教国家

　像淋病一样

　在海洋里

　　流着甲基汞。

大卫神父的鹿,麋鹿,[1]

---

[1] 麋鹿原产中国,俗称"四不像",曾经分布广泛,种群繁盛,但清朝初年野生种群消亡。1865年法国博物学家大卫神父(Père David,1826—1900)在北京南苑发现了中国仅剩的一群麋鹿(皇家畜养),后确认是从未发现的新物种,并引入欧洲,麋鹿因此也被称为"大卫鹿"。20世纪初,麋鹿在中国本土灭绝。1956年和1973年,北京动物园分别得到了一对和两对麋鹿,但因繁殖障碍和环境不适,一直未能复兴种群。20世纪80年代,麋鹿由欧洲重新引入中国。

二千年前生长在黄河边的

蕙草沼泽——家园输给了水稻——

洛阳的森林被砍伐,所有淤泥

和沙土流下来,到公元1200年,森林消亡——

大雁在西伯利亚孵化

    向南越过黄河、长江的盆地

   我们称为"中国"的地方

他们以飞行方式生活了一百万年。

啊中国,如今哪里还有老虎、野猪、

   猴子,

     像往年的雪一样

消失于雾中,一闪,干硬的地面

是五万辆卡车的停车位。

难道人在万物中真的最宝贵吗?

——那就让我们爱他,和他的兄弟们,所有那些

日渐消失的生物——


北美,龟岛,被入侵者占领

   他们在全世界发动战争。

祝愿蚂蚁,祝愿鲍鱼、水獭、狼和驼鹿

起来!从这些机器人国家

   移走他们的奉献。

团结。人民。

站立的树人!

飞翔的鸟人!

游动的海人!

四足的,两足的,人民!

那些头大、贪权的政治学者

政府　两个世界　资本帝国主义者

第三世界　文山会海男

　　　非农民　满天飞的阔佬　官僚

怎么可能为叶子的绿色说话? 为泥土说话?

(啊,玛格丽特·米德[1]……你有时梦见萨摩亚[2]吗?)

机器人在争论如何将我们的大地母亲分成小块

持续时间长一些

　　　就像秃鹰振翅

打嗝,发出咯咯声,

　　　在一只垂死的母鹿旁。

---

1　玛格丽特·米德(Margaret Mead,1901—1978),美国人类学家,以经常在大众媒体发声而知名。
2　萨摩亚群岛(Samoa)是位于波利尼西亚的岛群,分为美属萨摩亚群岛和萨摩亚国。

"在远方田野上,躺着一个被杀死的骑士——
我们将飞到那里,啄食他的眼睛

  降落

嗒嗒嗒,当当当。"[1]


一只猫头鹰在阴影里眨眼睛
一只蜥蜴踮着脚

  呼吸艰难

鲸鱼转身,闪闪发光,

  入水

鸣叫,又浮起,

漂浮着像正在呼吸的行星


在生命之光的


火花闪动的螺纹里——




       斯德哥尔摩,夏至

---

1 引自英国民歌《三只渡鸦》。

## 富 饶

在松针铺成的潮湿层下面
仍然坚硬的大枝和细枝
躺着缠结在一起,
两段十六英尺高的原木根部占据了
其余地方,顶部,左侧

这些来自二十年前的砍伐
(从树的环状年轮推算出来,这棵树
靠近一根树桩,仍然挺立,干硬)
他们当时没有把残枝堆起来烧掉——

火灾的危险,夏季每天都有。

这是当时伐木工人为木材价格
所付出的代价

如今往这些陈年的木材堆上
倒了柴油,点燃。是在支付
某些人当时未付的价钱。

# 人类植物志

六月，两棵橡树倒了，
根部腐烂

九月里的电锯
三天里一棵树
在棚子里倒下，分成四段

酸味新鲜来自橡木内部
主干锯开
"像翻开一本书"（J. 泰克林）

微微堆积的橡树叶
鹿用嘴触，脚踢，
牛肝菌。
一种，**爱丽丝·伊斯特伍德**[1]
粉红，毒药；

---

1 一种产于北美洲的有毒的牛肝菌。

第二种黄色。**食用菌**

"可食用,上品。"

只有我刚才有那么一点儿不舒服——

品尝全部,并把知识传承下去。

## 直溪—大火地[1]

——献给汤姆和玛莎·伯奇


轻轻地，四月山中——
   直溪，
枯草再次摆脱了积雪
山雀在啄食
去年秋天的种子
  蓬松尾巴在寒风中，

崩雪在溪对岸堆积
  还有冻结成块的泥土——
水在下面流淌；溅出
  岩石镶边的水池，曲折，
  吞吐着，白色的，泡沫，
返回抖动的
  深暗的洞。

---

[1] 大火地（Great Burn），指 1910 年蒙大拿州和爱达荷州交界处森林大火导致的一片荒野。从位于蒙大拿州洛洛国家森林公园的直溪到大火地约 88 公里。

溪边巨石显出流水的印迹

  那些形状

  与流动的血

  刻在心脏主阀上的

    一样。


早春干燥。风吹起干雪；

  走在脆皮的高雪坡上[1]

——被烧死的大松树——

  淡黄色地衣当装饰

   （一种羊毛用的染料）

倾斜得摇摇欲坠的

温暖海底地槽的岩屑堆

是的，很久以前。

"曾经沧海。"


远处苦根花[2]上的光亮；

  沿柳树滑道摸索而下

上空变幻的云朵，

---

1 这里是说坡上积雪表面略有结冰而显得有些脆。
2 苦根花，一种马齿苋科多年生草本植物，根部多淀粉，花白色或粉红，原产北美西部。

燃烧着的太阳球上的形状

扭动着， 选择着

　　伸出来抵着永恒的

　　　　碧空——


我们在干枯的蕨类上休息，

　　凝望[1]


闪光的天堂

正在头顶上更换他的

　　羽毛服装。


鸟儿急飞

猛扑而上，环绕

向后倾斜

几乎总是分开飞翔

但紧紧不舍！

一起；

---

1 "正如此前多首诗所暗示的,'凝望'已经变成了一种极有意义的行动形式，如果人对已经改变的感知敞开自己的话。没有细心的观察，一个人不可能成为一个栖居者。"（Patrick D. Murphy, *Understanding Gary Snyder*, p.122）

从没有一只鸟领飞,

全是一瞬间

空空

飞舞的　头脑。

他们弧线运动,又环飞,然后

他们的飞行完成。

他们安顿下来。

诗的结尾。

## 哈得孙杓鹬
——给德拉姆和戴安娜


沙漠小路的尽头——转弯处——
　停下卡车,走过沙丘。
一处鹅卵石　　浅湾中的弧形岬角;


　　"鸟的曼陀罗道场。"


鹈鹕,海鸥和燕鸥,
　一只杓鹬
　　远在尽头处——
看到我们时他们飞起
　　　　又落到地面。
燕鸥不断飞来——
　　——海天广阔——
军舰鸟不断猛扑


鹈鹕在离泡沫最近的地方;


燕鸥在沐浴,拍打翅膀

在圆石间

　　　拍浪的泡沫中。


我们

收集浮木当柴火

准备露营

找到四个贝壳放蒸好的蜗牛


　　　＊


在那棵摩天柱仙人掌[1]的顶部

两只秃鹫

张望,打哈欠,缩成一团,整理羽毛。

在那边　海鸟

争吵又平静,相聚又离开;

　　　　说话。


边界的两侧。

　　边距。　潮水。　区域。

---

[1] 世界上最高的仙人掌,原产于墨西哥。

上面的虚空， 下面的水面，
两个世界　接触
致意


　　　　　＊


天黑时三声枪响；
两只鸟。

　　　"怎么听见三声枪响？"
　"一只落到了水面上
开始游动。
我不想再要一个像那只鸭子的东西。"

长喙向里弯，长长的颈松弛下来——
肉桂色和褐色的祖母羽毛。
喙部不是很长，头上有纹
　　　靠近眼睛。
　　哈得孙杓鹬


　　　那些燕鸥最有可能是
　　"凤头燕鸥"

有分叉的尾巴,

大而重的橙色鸟喙。


\*


我从杓鹬颈部

拔下的

那些绒毛

在我膝盖边

在从海上来的黄昏的风中

飞旋起伏。

正跪在沙里

在手里温暖。


\*


**"您想把这事做对吗?我来告诉你。"**

他对我说。

在水边的石头上。

在胸骨正下方一道横切

食指和中指

   按进去再上来,随着

  肋骨胸廓的曲线。

然后手指拱起,缓慢地向下和向后拉,

把里面所有东西挤出来,

朝向手掌和脚跟。

器官牢固,排列有致,热的。

保留肝脏;

最终往回擦洗,朝出口,最后的

   大肠。


里面的一串出来,开始漂,在海湾

  拍浪的水里。

那只鸟没有了羽毛,头脚;

  他里面是空的。

他赖以飞翔的丰富的身体

  肌肉

固定在刀片状的高胸骨上的肌肉,

是你的食物。

*

黑色铁煎锅在煤炭上。

两只鸟在火中唱歌。

培根、洋葱和大蒜

变成褐色,然后盖上蒸

把肝放进去,

半只切碎的鸟和炒饭

装在金属盘子里在火边传递。

紧致结实的肉,

暗色,有味,

 聚集了天空和大海的消息。


*

黎明时

从沙丘向外望

根本没有鸟,除了

三只杓鹬

**杓——鹬!**

杓——鹬!

踏步　扫视　四周。

下加利福尼亚:

巴伊亚·德·康塞普西翁[1]，1969

---

1 位于墨西哥加利福尼亚海湾内的一处小水湾。

## 没看到这个春天光亮的两只幼鹿

一位在北落基山

帐篷里的朋友,出门

狩猎白尾鹿,带着

点22口径猎枪,悄悄接近几只

白天休息,正睡觉的家伙,开枪,

他还以为打的是一只公鹿。

"那是一只母鹿,而且

怀了小鹿。"

他熏了肉,没有用

盐;把肉顺着纹路

切片。

内华达山北部一个朋友

她开车撞了一只母鹿。它

当时在灯光下平静地走动,

"当我们剥开她[1]时

---

1 此处对鹿的指代词"它"及"她"均循原文。

有一只小鹿——大约这么长——

这么小——但已经成形，健全。

有斑点了。小小的

鹿蹄，又软又白。"

## 两个神人

坐在俄勒冈州罗格河旁的长椅上，看地形图。两名年龄较大的男子靠过来，其中一名戴着棒球帽，开始唱："加利福尼亚，我来了"——他必定见过放纵不羁。问我是否听说过得克萨斯的瘦子[1]。听过。他说"如果我有天使的翅膀"[2]是他的，他从前写的，"我那时在服刑。""我们握下手！那是首好歌。"我说。他给我看他的手：手背上、弯曲的手指上有淡蓝色的文身痕迹。如果我用这只手打你，表示**爱**。如果我用这只手打你，表示**恨**。

他的朋友，穿一件红黑格子的水牛夹克，手伸到我鼻子下，缺了食指。"我怎么会没了食指！""怎么会？""一把斧头！"

得克萨斯的瘦子说："我只是载他一程。他去年死了老婆。"这时凯和玄从罗格河边奔跑回来，手里满是圆圆的河石，这两人轻声笑着，慢慢走了。

---

1 美国布鲁斯歌手、吉他手约翰·李·胡克（John Lee Hooker，1917—2001）的化名。
2 歌曲《囚歌》（*Prisoner's Song*）中的一句，这首歌的歌词作者是约翰尼·卡什（Johnny Cash）。

看地图，这里是哥伦比亚上游环圈内，华盛顿高原东部区域。"河道疤地。"

## 阿勒格尼的雨

站在雷鸣瓢泼

大雨中

　　——尘土飞扬的夏天——

喝着啤酒，刚开车

从河流分水岭

　　一路而来

岩石山坡和颠簸的汽车

贫瘠不驯的土地

像一个疲惫不堪的矿工的手

　　而我们如何爱它

来点儿啤酒和雨，

在半路上停下，

在阿勒格尼

　　　　　　加利福尼亚州阿勒格尼，

　　　　　　　十六比一金矿[1]所在地。

---

[1] 十六比一金矿（the Sixteen to One Mine），美国著名金矿，名字取自当时金银价之比。

## 鳄 梨

天地之法像鳄梨!
有些地方熟得简直不能相信,
但很好。
其他地方又硬又青
没什么味道,
取悦那些喜欢把鸡蛋煮透的人。

皮薄,
中间是
巨大的圆籽,
是你自己的本性——
纯净平滑,
几乎没人把它切开过
或试试看
它是否会生长。

坚硬而光滑
看起来

你应该把它种下——但那时

它跳出你的

　　指缝——

逃脱了。

## 什么步骤

> 弟子:"为什么宇宙间有邪恶?"
> 罗摩克里希那:"要丰富情节。"

什么步骤。

菲利普在剃头,

基思发狂,

艾伦宽厚,

迪克掌管,

不是魔术,根本不是超常

只是——所有造物都是关于母亲的——

或者——非造物

一天天

步入

内部的权力。

  什么步骤

在繁星满天的夜晚。

度母[1]的眼睛

左轮手枪咔咔响

浣熊眼睛闪亮着回来

灯笼褪色

  （薄伽梵·达斯喜欢国家公园）

戴上镣铐

在泥里。


要让我们疯狂的舞伴转着笑着

 灰烬，灰烬，

  ——全部倒下。

---

[1] 多罗菩萨（Tara），又称度母（Dolma），观世音菩萨的化身。

## 为什么运原木的卡车司机比禅修生起得早

在高座位上,黎明前的黑暗中,
擦亮的轮毂闪光
明亮的柴油排气管
变热,震颤
沿泰勒路缓坡上来
到穷人溪伐木场。
三十英里[1]尘土。


没有其他生活。

---
1  1英里≈1.6千米。

## 基 岩
——给玛莎[1]

融雪池塘　温暖花岗岩
我们支营帐,
无心再去寻找。
打盹儿
把我们的头脑留给风。

在基岩上,略微倾斜,
天空和石头,

教导我行事温柔。

几乎未注意到的触摸——
目光轻拂——
微步——
最终覆盖了
　　坚硬地面的世界。

---

[1] 玛莎上原(Masa Uehara),斯奈德第三任妻子,两人1967年结婚,育有二子:凯、玄,1989年离婚。

细云和薄雾

聚合成蓝灰色的

夏天的阵雨。

在紫色星光之夜一同饮茶；

新月即将下沉，

为何需要如此

长时间去学

爱，

 我们欢笑

   又悲伤。

## 眼花缭乱
——写给理查德和迈克尔[1]

这炫目，这诱惑这

图案

陶醉又抖动着，

蜜蜂？还是花朵？为什么这

种子四处移动。

这一粒

自己裂开，裂开，再次裂开。

"我们都知道它引向哪里"

黄金花粉的炫目暴风。

——摸索着穿过它？

这炫目

和这蓝色的黏土。

"那一切移动的，都爱歌唱"

根在工作。

无人看见。

---

[1] 应指禅师理查德·贝克和迈克尔·麦克卢尔。

# "猎师前不得说本师戒"
## ——智闲禅师[1]

一只灰狐狸,雌性,四点二公斤。

包括尾巴,长一米。

剥皮(凯

提醒我们先诵《心经》)

冷毛皮。皱痕;麝香味

混合着死尸的气味。

胃内容物:整只地松鼠嚼得很碎。

加上一只蜥蜴脚

和从地松鼠体内某处来的

一点儿铝箔。

秘密。

和深藏其中的秘密。

---

[1] 本诗标题出自《景德传灯录》(卷第十一),英文可直译为"一个人不应对老练的猎人谈论佛教的禁戒"。智闲是唐代著名禅师,因驻锡于邓州香严寺,又称香严智闲。

# 液态金属式快速增殖核反应堆

死神自己,
   (液态金属式快速增殖核反应堆)
  站着咧嘴笑,招手。
钚做的牙齿发光。
眉毛嗡嗡响。
露天采矿的大镰刀。


迦梨[1]在僵硬的死公鸡上跳舞。


  铝制啤酒罐,塑料汤匙,
胶合板贴面,聚氯乙烯管,乙烯基座套,
   不完全燃烧,不完全腐烂,
   淹没我们,

---

1 迦梨(Kālī),印度神话中代表毁灭的女神。

迦梨时代[1]的

长袍装束


世界末日。

---

[1] 印度神话中把宇宙的每个循环分为四个时代，当前是迦梨时代——罪恶的堕落的时代，人们浸淫在不义之中，所有虔诚的行为都被贪婪吞噬。

# 从"马尔菲公爵夫人"[1]走回家

从"马尔菲公爵夫人"走回家
参宿五和参宿七[2]在深坑里闪亮
撕裂在从金门

    向东吹来的海云中


几个月在小屋里:雨水,

  寒冷,硬地板,漏水的屋顶

  漂亮的墙壁和窗户——

    喂鸟


    曾经,我

苦苦思索

**生存**

生存折磨,

自由抗争,扯碎钩和线

---

[1] 与莎士比亚同时代的英国作家约翰·韦伯斯特(John Webster, 1580—1632)所著五幕剧,本名《马尔菲公爵夫人的悲剧》,被认为是17世纪早期戏剧中的杰作;本诗应指此剧的一次演出。
[2] 参宿五(Bellatrix)和参宿七(Rigel),猎户座的两颗亮星。

（我的头脑）——

因此被教导，

死亡与爱的痛苦，

出生与战争，

　　地球残骸

　　保佑

用更多的爱，

　　而非更少。

　　　　　　　　　　伯克利，1955

## 喜鹊之歌

上午六点,

坐在挖掘的砾石上

临着刺柏和沙漠,南太平洋铁路[1]

州际80号路[2]在不远处

 在卡车之间

土狼——也许三只

 在山岗上嚎叫和狂吠。

喜鹊在树枝上

点着头,说,

 "记住这儿,兄弟

 绿松石般的蓝。

 我不会欺骗你。

 嗅一嗅这微风

---

[1] 美国一家大型铁路公司,1865年成立于旧金山,1996年被联合太平洋铁路收购。
[2] 美国东西干道州际80号路。

它穿过整个树林而来

不用担心

以后的事儿

西边山上的雪

每年都会在那里

静止不动。

大地上的一片羽毛——

风声——


记住这儿,兄弟,

绿松石般的蓝"[1]

---

[1] "最重要的是野生自然界的这个代表(喜鹊)提供的保证:说话人'不用担心以后的事儿'。斯奈德在诗的结尾处暗示一个人只要牢记野生自然的智慧,对于未来即无须恐惧。"(Patrick D. Murphy, *Understanding Gary Snyder*, p.124)

写给孩子们

## 啊 水

啊水
洗我们，洗我，
在褶皱花岗岩
　直立的石板下，

坐在松树荫下的帐篷边
榊七夫[1]在睡觉，
群山嗡嗡响，摇摇欲坠
　雪原在融化
　泥
　在悬崖上累积
为了野洋葱和花朵
　　　蓝色
　花蕊

　　大
　　地
　　僧伽

---
1　榊七夫（Nanao Sakaki，1923—2008），日本诗人，《龟岛》的日语译者。

# 玄

玄

小皱眉

埋在她胸前

 和黑色长发里

玄要吃奶

玄要睡觉

玄要眼睛高过肩

看远处舞动的桉树

 枝条和更远处做梦的乌鸦

缓慢而稳稳地飞向大海；

眼睛在湿湿的乳头上方

 看正在升起的晦暗的太阳

又冷又暗的鲸群，

凯拍着他的头，

 "别哭"

## 沾了土的背带

噢你们祖先们
木桡船
　　　大胡子
长袖内衣
从袖口下钻出来

每个肩上都有棕色条纹,
沾了土的背带——
　　九鞠躬
　　九鞠躬
你们浑蛋
我的父辈们
祖辈们,硬脖子的
赶牲口的人,矿工,土农民,铁路人员

杀光了美洲狮和灰熊

九鞠躬。你们的痒

也在我的靴子里，

——你们的海漂泊着
树木心肠的儿子。

# 赫梅斯普韦布洛[1]戒指

遗失在京都的墙壁或地板的夹缝里

掉下去不见了又漏下去

  当房子夷为平地

浇了地基，又在上面盖起公寓——

四十年，这些公寓因无用而拆除，

  报废的木材被用于烹饪和

  浴火——

又一个六十年过去，土地复原；

带着一头牛他们蛇行于混凝土碎片间——

在耙子的尖齿上

  在黑土里

  那只古老的戒指。

  用拇指擦抹

---

1 指新墨西哥州桑多瓦尔县赫梅斯的普韦布洛印第安人保留地。

绿松石依旧蓝色。

专家看着它说，
  这是上个世纪的戒指。
  那时有旅行和贸易
  跨海东来，

银色，和沙漠天空的蓝色。
  样式是旧时的。
  虽然我们现在再没有见过，

那些种植玉米的黑发村民
  还在那里，制作这样的戒指，
  有人告诉我——

# 明日之歌

美利坚合众国慢慢失去了合法性
在二十世纪中后期
它从未给大山与河流，
　　　树木与动物，
　　　　　一张选票。
所有的人都离它而去
　　　神话死了；甚至大陆也变得无常

　　龟岛归来了。
　　我的朋友打松了一块干燥的土狼粪
　　拔了一颗地松鼠的牙齿
　　打了孔，把它
　　挂在他耳边的
　　金耳环上。

我们高兴地展望未来
我们不需要化石燃料
获得内在的力量

依靠减少而变强。

抓住工具,肩并肩有节奏地移动
　让智慧与沉默的知识闪光
　　　　眼对眼
安静地坐着像猫或蛇或石头
　完整而坚定
　　　　一如深蓝色的天空。
温柔无辜像群狼
　　　诡计多端像一个王子。

在工作中在我们的地方:

　　**服务于**
　　**旷野**
　　**生命**
　　**死亡**
　　**"母亲"的乳房!**

# 这里以前发生过什么

——300,000,000——

起初是一片海：柔软的沙滩，烂泥和灰泥

  ——堆积，挤压，变热，起皱，

   压碎，重新结晶，渗透，

几番抬起又淹没。

侵入了熔化的花岗岩岩浆

  深度冷却，布满斑点，

    金石英[1]填补了裂缝

——80,000,000——

海床地层抬起又折叠，

  花岗岩在遥遥下方。

几百年来温暖而安静地降雨

---

[1] 石英是热液矿物，脉型石英矿常与金矿共生，也称石英脉型金矿。

（造出暗红的热带土壤）

　　损耗两英里的地表

裸露出矿脉，翻出沉甸甸的金块

　　在溪床里

　　　板岩和片岩的浅滩抓住了它——

火山灰漂下来，堰塞了溪流，

　　堆积起金块和碎石——


　　　　　　——3,000,000——


向北流，两条河交汇，

　　出现一片宽阔的长湖。

然后倾斜，众流散开

　　都向西流

　　切出河谷，羽毛河，

　　熊河，尤巴河。[1]

黄松，熊果，黑橡树，紫杉

　　鹿，土狼，冠蓝鸦，灰松鼠，

---

[1] 尤巴河（Yuba River），位于美国加州尤巴县，以两岸奇异的地貌出名，曾是金矿区；尤巴河汇入羽毛河（Feather River），后者注入萨克拉门托河。熊河（Bear River）是羽毛河的另一条支流。

地松鼠，狐狸，黑尾野兔，
　　浣熊，山猫，熊，
　　　都来到这里生活。


————40,000————

人类来了，带来了篮子帽和网
　　地下的冬屋
　　漆成绿色的杉木弓，
　　男孩与女孩的盛会和舞蹈
　　　烟熏黑暗中的歌曲和故事。


————125————

然后白人来了：用巨大的水龙头
　　掀翻树木和巨石，
　　追逐古老的沙砾和黄金。
马，苹果园，纸牌游戏，
　　手枪射击，教堂，县监狱。

我们曾问，这土地的所有人。

  交税的地方。

（两个绅士，他们二十年没用过它，

还有他们之前那个寡妇

  她丈夫的父亲

  给他申请到了一份

  采空区所有权的特许证明，）

急于征收那片属于鹿和橡子的土地

  迈度族印第安人的分支

  南迈度人的土地？

（他们甚至从来没有机会说出

  他们的名字。）

（谁还记得瓜达卢佩-伊达尔戈条约。）[1]


  土地属于它自己。[2]

  "自我中没有自我；物中没有自我"

---

[1] 1848年，美国与墨西哥在墨西哥城北瓜达卢佩-伊达尔戈镇签订的条约，结束了1846年—1848年的美墨战争。
[2] "这首诗告诉我们，为了实现（对于自然的）这种适宜且必要的尊重，我们必须认识到：'土地属于它自己'，而非属于我们。只有这样，我们才能与我们周围的自然达成一种和谐而平衡的关系，并开始充分发展我们自己内在的和谐，和一种健康的人类的和美洲的身份。"（Michael Castro, *Gary Snyder:The Lesson of Turtle Island*, Critical Essays on Gary Snyder, p.135）

龟岛游泳

在海天的旋涡虚空中

咬着它的尾巴，当世界运转

 开合

  眨眼


和托宾生先生，一位堂兄杰克，

 评估县里的税收。

（税是我们的身心，在"年度纪念"

 宴会上，客人们朝阳光

 致敬，它变得浓烈可口

 当移动于食物链条

寻找有眼睛和大脑袋的身体——

 在高处

 回头看它自己。）


**此刻，**

我们坐在这里，靠近发掘物

在森林里，在火边，观看

月亮和行星和飞逝的流星——

我的儿子们问,我们是谁?

正在烘干从宅基地树上摘下的苹果

正在烘干浆果,腌制肉,

正对着稻草捆射箭。

每天黎明,军用喷气式飞机轰鸣着飞向东北。

我的儿子们问,他们是谁?

**我们应该明白**

**谁知道**

**怎样成为**

冠蓝鸦在松树上尖叫着。

# 朝向顶极[1]

I.

咸海，山脉，沙漠——

保持水分的曼陀罗

连接脚趾和眼睛的神经网络

鳍　　腿　　翅膀——

牙齿，早期哺乳动物多用途的小磨牙。

灵长动物的平足

头上向前凸出的眼睛——

观察，在森林与草地（分界处

丰富）边缘。

觅食，聚集，后腿立起。

跑——抓——爪子和眼；

猎食。

对着植物、对着车道呼唤同伴。

---

[1] 顶极是指生态系统中生物演替的最终稳定的状态；达到顶极的生物群落称顶极群落。

注意到裂开骨头的尖端；破碎的岩石。

脑袋大小的花朵
在颈部的平衡处，
坚韧的皮肤——好眼睛——灵敏的耳朵——
成群移动。
乳草纤维在大腿上铺开；
 运送果实或肉的网。

着火，继续移动。
欧亚大陆苔原上的驯鹿群
缝制的皮革衣服，庞大的肋骨支架的帐篷。

野牛，熊，剥皮又撕开；
 打开动物的胸腔和腹部，头骨，
 身体像我们的一样——
洞穴里的画面。
嘴和唇发出声音
形式复杂的语法横切
 内部结构和日常生活——

大的兽群数量减少

（——我们杀了它们吗？

在草原大火前面一千英里——）

冰河时代变暖

了解更多植物。网，诱捕，船。

弓和箭。狗。

像语言一样的混合种群和家族

  类似蛴螬、树木和狼


  跳舞和歌唱。

开始"越出"——芦笛——

  埋葬的婴儿用许多毛皮包起来——

伟大的黄金时代[1]的传说要讲述。


把花朵塞到垃圾堆里。

  开始耕种。

奶牛不会远离，开始放牧

编织，扔泥土。

变富裕，上课，

列清单，开始写下来。

---

1 黄金时代（dream-time，又译梦幻时代），澳大利亚土著人传说中的创世时期。

忘记野生植物,它们的美德

失去黄金时代

失去脑部的最大尺寸——

变得更安全,更紧密,包在里面,

卷得更小,分布更宽,

将城镇摆成街道摆成排,

盖一堵墙。

将沼泽排了水,种菰米草[1],烧树林,

像牛一样的牧民。

让奴隶组建舰队

劫掠财富——青铜武器

马和战车——铁——战争。

研究星星,画出中心

永不动摇的**极星之王**。

II.

一条来自"王"项目的律法(狡猾的自我之

---

[1] 一种北美产的野生草籽,常和大米一起食用。

生存理智是理性,因为它"有效")

而理性变得凶猛当它寻求

整个自然的秩序——将**律法**带入

自然。(一只公鸡被烧死在柱子上

因为产下一个蛋。反常。1474年)[1]


III.

科学在美中行走:


网是许多结

皮肤是边防,毛皮是借来的温暖;

一只弓是风中弯曲着的肢体

一幢巨大的市中心建筑

 是站在尽头的溪床。


残屑的通道。"通过网来传递食物的

---

[1] 指1474年瑞士巴塞尔的一只公鸡被法官判处火刑一事:这只公鸡生了一个蛋,被指控是受到魔鬼撒旦雇用的女巫指使(公鸡蛋是重要的巫术配料),被告律师辩称下蛋是公鸡的非自愿行为,且公鸡自身没有通过下蛋来危害他人的动机。最终这只公鸡"以附在它身上的魔鬼的身份",被判处火刑并当众烧死。(参见爱德华·多尼克著《生命之种》,王雪怡、李小龙译,上海教育出版社,2019。)

延迟而复杂的方式。"
成年。停下,思索。摄取心智
存储的丰饶。记忆,梦,半消化的
你的生命形象。"残屑的通道"——喂养
许多小东西,而它们喂养一只猫头鹰。
送出鲁莽旅行的心,
在死者与倒下者的热量上。


IV.
**两首伐木之歌**


砍光的

森林业。"多少
人
在越南
被收割?"

砍光。"有些
是孩子

有些太熟了。"

处女

一片处女

森林

是古老的；多

乳房的，[1]

持久的；在

顶极。[2]

---

1  古代许多神话中都有上身长了许多乳房的神，象征强大的繁育能力。
2  "《朝向顶极》开始回答上一首诗《这里以前发生过什么》结尾处提出的'谁知道／怎样成为'这个问题……这个对比在第四部分中最明显：将空中轰炸等大规模屠杀与'处女／森林'的原始感受并置。要记住的是，维护顶极森林还是'砍光'，是斯奈德在《前线》一诗结尾处宣布的分界线。"（Patrick D. Murphy, *Understanding Gary Snyder*, p.127）

## 写给孩子们

统计学里

上升的山丘，斜坡，

摆在我们面前。

万物陡峭的

攀爬，上升，

上升，当我们所有人

下落。

下一个世纪

或者再下一个世纪，

他们说，

是山谷，牧场，

我们可以平静地在那里相遇

如果我们成的话。

去攀登这些即将到来的高峰

有句话送给你，给

你和你的孩子们：

聚在一起

认识花朵

轻装上路

# 说到诗人

说到诗人
**大地诗人**
他们写小诗
不需要人们的帮助。


\*


**空气诗人**
奏出最疾速的狂风
有时懒洋洋地躺在旋涡里。
一首又一首,
在同样的内容上回旋。


\*


零下五十度
燃油不会流动

丙烷在油箱里。

**火诗人**

在绝对零度[1]燃烧

化石的爱情重新振作。

\*

第一位

**水诗人**

待在下面六年。

被海草覆盖。

他诗中的生命

留下数百万的

不同的细小轨道

在泥泞中交叉穿过。

\*

他的肚子里

---

1 绝对零度，即零下273.15摄氏度，是理论上的最低温度。

有太阳和月亮,

**空间诗人**

睡眠。

天空无尽——

但他的诗,

像野鹅一样

飞出边际。

\*

**心智诗人**

待在房子里。

房子是空的

又没有墙。

这首诗

从屋子各侧面,

每一处,

一眼都能看到。

坦诚之言

# 四个变化

《四个变化》写于1969年夏天，以满足当时人们对一些实用且有远见的建议的明显需求。成文过程中，迈克尔·麦克卢尔、理查德·布劳提根、史蒂夫·贝克威特、基思·兰普、克里夫·汉弗莱斯、阿兰·威茨、艾伦·霍夫曼、斯图尔特·布兰德和黛安·德·普里马都曾读过并提出了建议与批评。在阿兰·威茨和罗伯特·夏皮罗的帮助下，本文曾被打印出来广泛地免费发送。还有几种免费版本也在传播，包括来自圣巴巴拉的诺埃尔·杨制作的精美印刷版。虽然远非完美，而且某些地方已经过时，但也许仍然有用。方括号（【】）内的文字是最近的评注。

无论发生什么，我们都不能进入以钚为基础的经济。如果说稳态经济的概念能被理解并付诸实践，比如说在

1980年，我们也许能避免跳入液态金属式快速增殖核反应堆——以及广泛的露天开采——此路一旦进入，即难回头。

我的导师曾对我说：

　　——与结本身成为一体，

　　　　直到它解开。

　　——清扫花园

　　——任何尺寸。


## I. 人口

### 状 况

**立场**：人只是生命基本结构的一部分——他自身的生存依赖于整个结构。作为最先进的使用工具的物种，人类必须认识到：其他生命形式的未知的进化命运应该被尊重，他必须作为地球生命共同体的温柔管家来行事。

**境况**：如今人口太多，而且这个问题正迅速变糟。这可能是灾难性的，不仅对于人类，对大多数其他生命形式也是如此。

**目标**：当今世界人口的一半或更少。

# 行 动

**社会及政治方面**：首先，要付出巨大努力，让各国政府和领袖认识到这个问题很严重。认识到所有关于增加粮食产量的讨论——虽然出于好心——只是推迟了唯一真正的解决办法：减少人口。要求所有国家立即参与这些计划：立法允许堕胎，鼓励输精管结扎和绝育（由免费诊所提供）——免费置入节育环——尝试纠正迫使妇女生育的传统文化态度——对特定收入以上家庭取消超过两孩的所得税减免，并按比例调节，使低收入家庭也被迫谨慎——或向家庭付费以限制其生育数量。采取强势立场，反对天主教当权者的右翼政策，以及对此问题施加不负责任的社会影响的其他任何机构；反对并纠正将人口增长与持续繁荣相等同的头脑简单的推波助澜。不断努力，把所有政治问题都放到此问题的背景下考虑。

【政府是错误的对话人。他们最可能的做法是抓住一个问题或危机，当作扩张自身权力的又一借口。堕胎应该合法且自愿，但输精管切除的副作用问题仍然存在。应格外关注，确保没有人被骗或被迫绝育。整个人口问题充满矛盾，但事实摆在那儿：按照行星生物福利标准，人已经太多了。长期的答案是稳定的低出生率。地球上每个地区，"最优生物数量"的标准应基于对地区整个生态健康的认识，包括繁盛的野生生物种群的数量。】

**公众**：探索其他社会结构和婚姻形式，比如群婚和一妻多夫婚姻，这些都提供了家庭生活但子女却少得多。广泛分享养育孩子的乐趣，这样所有人无须直接生育即可以获得这种基本的人类经验。我们必须希望，在此危机期间，没有一个女人生育超过一个【两个？】孩子。收养孩子。让崇敬生命和崇敬女性也意味着崇敬其他物种、崇敬未来的人类生命，因为大多数生命都受到了威胁。

**我们自己的思考**："我是所有生命之子，所有生命都是我的兄弟姊妹，我的子孙。在我内部有一个孩子需要出生，他是崭新而更智慧的自我的婴儿。"爱，做爱，一个男人和女人在一起，被视为相互实现的手段，在此，创造新的自我和新的生命世界，与繁殖我们的同类一样重要。

## II. 污染

### 状 况

**立场**：污染有两类。一类是某些相当普通的东西过多——烟或固体废物——无法被吸收或迅速传播，以抵消其进入环境的影响，导致了大循环无法应对的变化。（所有生物都有废物和副产品，这些废物和副产品确实是整个生物圈的一部分：能量沿直线传递并以各种方式折射，"虹光身"[1]。这是循环，而非污染。）另一类是强大的现代化学药品和毒药，最新技术产品，这些是生物圈完全没准备好如何应对的。比如滴滴涕[2]和类似的氯代烃——核试验的尘埃和核废料——有毒气体，军方储存和泄漏的病菌和病毒，以及加入食物的化学品，它们对人类的长期影响尚未得到恰当的测试。

**境况**：人类在上世纪生产和散播了过多的废物、副产品及各种化学物质。污染直接损害了地球上的生命，也就是说，糟蹋了人类自身的环境。我们正在弄脏我们的空气和水，我们正生活在噪声和污秽中，这是"动物"不能容忍的，而广告和政治人物则试图告诉我们，我们从没有这么好过。现代政府依赖于这种虚假，导致了可耻的精神污染：大众传媒和大量学校教育。

**目标**：清洁的空气，清澈的河流，与我们的生活相伴的鹈鹕、鱼鹰和灰鲸；溪流中有鲑鱼和鳟鱼；清晰的语言和美好的梦想。

---

1  藏传佛教术语，指人修行圆满时肉身化为虹光而回归法身。
2  有机氯类杀虫剂，难以降解，对环境的污染十分严重。——编者注

# 行　动

**社会及政治方面**：有效的国际立法，禁止滴滴涕和其他有毒物质，而非无所作为。某些科学家与农药行业和农业企业勾结，企图阻止这项立法，必须把他们揭露出来。对工业造成的水污染和空气污染进行严厉惩罚——"污染是某些人的利润"。总体上逐步淘汰内燃机和化石燃料的使用——进一步研究无污染能源；太阳能；潮汐。不要再拿核废料处理跟公众开玩笑了：核废料处理不可能做到安全，核能发电按目前状况也不可能认真规划。【能源：现在我们对这个问题了解得更多。太阳能或潮汐等无污染能源明显不能满足世界科技工业之癌的电力需求。露天开采五百年是不可接受的。冒险开发液态金属式快速增殖核反应堆，认为我们将研究出完善的聚变方法，是不可接受的。对核能的研究应继续下去，但要脱离任何应急计划的心态。这意味着，节约能源。"以少做多。""变废为宝。"】停止所有细菌战和化学战的研究和实验；对目前囤聚的令人震惊的愚蠢的氢弹、钴、细菌和毒药箱罐，努力找到一个安全的处理办法。立法禁止浪费纸张等，因为这些增加了城市固体废物——开发城乡固体废物的回收方法。回收利用应成为所有废物处理思路背后的基本原则。因此，所有瓶子都应是可重复使用的；旧罐头盒应该用于制造更多的罐头；旧报纸应回收再印。加强对食品中化学品的控制和研究。

向更多样化和更敏感的农业类型（更小规模和自给自足的农业）转变，将消除很多对农药综合使用的需求。

**公众**：针对滴滴涕之类物品：不要使用。针对空气污染：少用汽车。汽车污染空气，一两个人单独坐在一辆大汽车里是对智力和地球的侮辱。合乘，立法许可搭便车，在高速公路沿线修建搭便车的候车站点。此外，多走几步——向新世界迈一步；寻找穿越美丽乡村的最佳路线进行远足，比如，沿太平洋海岸山脉从旧金山到洛杉矶。如果你在乡村，学着用自己的粪便做肥料——就像远东几百年来所做的。可行，而且安全。针对固体废物：抵制大量浪费树木的免费报纸，反正都是广告，而它们人为地诱导更多的能源消耗。在商店里拒绝纸袋。组织公园和街道清洁活动。不要以任何方式为污染行业工作，不要被征召入伍。不要浪费。（一位和尚和一位老禅师有一次在山里行走，他们注意到上游有一间小屋，和尚说："一个智慧的隐士必定住在那里。"禅师说："那不是个智慧的隐士，你看那片莴苣叶在水里往下漂呢，他是一个挥霍的人。"就在那时，一个老人胡须飘飘，从山上跑下来，抓住了漂下的莴苣叶。）带着你自己的壶到酒厂，从桶里直接装满酒。

**我们自己的思考**：谈论像滴滴涕这样的事情，部分麻烦在于，使用滴滴涕不仅仅是一种实用的方式，它几乎是一种权威信仰。在西方文化中，有某种东西想要彻底消灭令人毛骨悚然的爬行动物，并且对毒蕈和蛇感到厌恶。这其实是恐惧自己内心深处的自然荒野区域,而答案是,放松。在虫子、蛇和你自己毛茸茸的梦中放松。再者,我们都应该把我们的收成跟一定比例的虫子来分享,作为"我们随的份子"。梭罗说:"收获怎么会不足呢?野草的种子是雀鸟的粮仓,我不应该因为野草多而欣喜吗?田地是否填满了农民的谷仓,反倒没那么紧要。真正的农夫不会焦虑,因为松鼠们不会担心今年树林里是否会结栗子,每天都完成他的劳动,放弃对田地的所有要求,在他的头脑中不仅献出他最初的果实,而且献出他最后的果实。"在思想、内在经验、意识的领域,像相互联系的外部世界一样,平衡的循环与无法应对的过度之间是有区别的。当平衡正常时,思想从最高的启迪循环到浑浊的盲目的愤怒或攫取,后者有时会控制住我们所有人;炼金术的"转化"。

## III. 消费

### 状 况

**立场**:有生命的万物都要吃食物,又反过来沦为食物。这个复杂的动物——人类,依赖于一个巨大而微妙的能量转换金字塔。过度使用、破坏，从生物学角度看是不可接受的。现代社会的许多生产和消费，是不必要的，也无助于精神和文化的发展，更不用于生存；反而是许多贪婪和嫉妒、由来已久的社会和国际间不和谐的根源。

**境况**：人类漫不经心地使用"资源"，完全依赖某些物质，比如化石燃料（它们正被耗尽，虽然缓慢但确定无疑），这一切正在对生命网络的其他所有成员产生有害影响。现代技术的复杂性使整个人口都可能承受失去任何一种关键资源所引起的致命后果。我们并不独立，而是过度依赖于给予我们生命的物质，比如我们挥霍的水。许多种兽类和鸟类已经由于人类的时尚潮流、肥料或工业用油而灭绝——油正消耗殆尽；事实上，人类在这个星球上已经成了蝗虫一样的破坏因素，给自己子孙留下的将是一个空空的橱柜——同时仍在富裕、舒适、永恒进步的"瘾君子梦想"中——用科学的巨大成就生产软件和猪食。

**目标**：平衡、和谐、谦卑，成长（与红木、鹌鹑共同成长）；要做生物大群落的好成员。真正的富裕不是什么都要。

# 行　动

**社会及政治方面**：必须不断证明，持续"增长的经济"不再健康，而是一种癌症。用竞争的名义允许的犯罪性浪费——尤其是在与共产主义（或资本主义）进行的不必要的竞争、热战和冷战中的最大浪费——必须以极大的精力和决断来进行彻底制止。经济学必须被看作生态学的一个小分支，生产／分配／消费由公司、工会或合作社处理，以人们在自然界中也能看到的同样的简洁和贫乏。土壤库；开放空间；【伐木要真正建立在持续产出的基础上；美国林业局现在不幸地成了商业的奴仆。】保护全部稀有的捕食性动物和令人厌恶的野兽："支持你把熊武装起来的权利。"该死的国际捕鲸委员会，正在出售我们最后的珍贵而聪明的鲸鱼；绝对不在国家公园和荒野地区继续开发道路和特许经营权；在最没人想要的地方修建汽车野营地。消费者抵制不诚实和不必要的产品。彻底的合作农场。在政治上，抨击共产主义和资本主义的进步神话，以及所有征服或控制自然的粗糙观念。

**公众**：分享，创造。公共生活固有的适应性——共同拥有并有效使用大型工具。放弃的力量：如果有足够多的美国人在某一年内拒绝买新车，将能永久性地改变美国经济。回收衣物和设备。支持手工艺、园艺、理家技能、助产、草药——所有这些能使我们独立、美丽、完整的事情。学会打破占有不必要财产的习惯——它像一只猴子趴在每个人的背上——但要避免自暴自弃的反快乐的自以为是。简朴是轻松、无忧无虑、整洁和爱——不是一次自我惩罚的苦行之旅。（伟大的中国诗人杜甫说："诗人的观念应高贵而简单。"[1]）如果你不知道怎样用光所有的肉并将你不能吃的部分保存起来，不知道怎样制作和使用皮革，就不要射鹿——要带着感激之心，全部使用，包括筋和蹄子。对许多人来说，饮食上的简单和专注是一个起点。

**我们自己的思考**：我们甚至很难理解财产的复杂程度，以及"我的"这个概念是如何站在我们和一个真实、清晰、自由地看待世界的方式之间。要轻松地在地球上生活，要有意识地活着，要摆脱自我，要与植物动物接触，应从简单的具体行动开始。内在的原则是洞察到我们是相互依存的能量场，具有巨大的潜在智慧和同情心，表现于每个人身上为超凡的头脑、英俊而复杂的身体，和近乎神奇的语言能力。对于这些潜力和能力，"我有某物"不能增加任何真实性。"戴天，枕地。"

## IV. 转变

### 状 况

**立场**：每个人都是四种力的结果：这个已知宇宙（物

---

[1] 此句原文应为"简易高人意"，出自杜甫的题画诗《观李固请司马弟山水图三首》中的第一首。

质／能量的形式和不断的变化），他的物种的生物学，他的个体基因遗传和他生于其中的文化。在这个力的网络中，有一定的空间和回路，让一些人体验到内在的自由和光明。对其中某些空间的逐渐探索是"进化"，对人类文化来说，可能会日益成为"历史"。我们最深处的力量不仅改变我们的"自我"，而且改变我们的文化。如果人类要一直在地球上，他就必须将五千年都市化的文明转变为一种新的生态敏感的、和谐导向的、野性思维的、科学精神的文化。"荒野是完全意识的状态。这是我们需要它的原因。"

**境况**：文明，已经使我们成为一个如此成功的物种，如今它反噬自身，以其惯性威胁着我们。还有某些证据表明文明生活不利于人类的基因库。为了获得这些**改变**，我们必须改变我们的社会和思维的基础。

**目标**：如果没有全面转型，做什么都没有大用。我们展望的地球，能让繁盛的人类在这个"仍为自然"的世界环境中，借助各种复杂而审慎的技术，和谐而动态地生活。该愿景具体包括：

——所有种族的健康而富余的人口，但数量上比今天少得多。

——文化和个人的多元化，由一种世界部落理事会来结为一体。按自然和文化界限而不是任意的政治界限来划分。

——一种通信、教育和安静交通的技术，土地利用要对每个区域的特性都很敏感。因此,允许野牛返回高原的大部分地方。较大的冲积谷地适合细致而密集的农业,沙漠留给那些以技术为生的人。计算机技术人员每年一部分时间管理工厂,其余时间和麋鹿一起迁徙。

——一种基本的文化观和社会组织,要抑制权力和财产追求,同时鼓励在以下方面进行探索和挑战:音乐、冥想、数学、登山、魔术和世界上其他所有真实存在的方式。妇女完全自由平等。一种新式家庭——负责,但更多的节日和放松——是不言而喻的。

# 行 动

**社会及政治方面**:很明显,在全世界范围内,都存在着某些社会和宗教力量,它们在历史进程中一直朝着生态和文化开明的状态发展。要鼓励这些:诺斯替教派、时髦的马克思主义者、泰雅尔派天主教徒、德鲁伊派、道家、生物学家、巫师、瑜伽修行者、比丘、贵格会、伊斯兰教苏菲派、藏传佛教、禅宗、萨满教、非洲土著布须曼人、美洲印第安人、波利尼西亚人、无政府主义者、炼金术士……这个名单很长。原始文化、公社和阿斯兰运动、合作企业。

既然认为直接的流血冲突能取得多大的成就似乎不大实际,甚至不可取,那么最好把这看作一场持续的"意识革命"。这场革命的胜利将不依靠枪炮,而是通过抓住关键的形象、神话、原型、末世论和狂喜,因此,除非站在变革能量的一边,否则生活似乎就不值得过。我们必须接管"科学和技术",释放它为这个星球服务的真正可能性和力量——毕竟是这个星球造就了我们和它。

【**更具体地说**:如果我们没有把脚踏在大地上,就没有转型。对于我们大多数人,管理职责意味着找到你在地球上的位置,挖掘,并从地方政治中负起责任,如学校董事会、县级监督员、本地森林工作者等令人厌烦但真实的工作。即使是在头脑中处理最大规模的潜在变化的时候,了解可操作的领域,进行学习,并一点一点开始行动。从全国到地方的各个层面,都需要提倡稳态经济:平衡,动态平衡,强调内在增长。成熟/多样性/层进/创造性。】

**公众**:新学校,新课堂,走进树林,清扫街道。找到用于创造"自我"意识的心理技巧,这个"自我"包括社会环境和自然环境。"考虑哪些具体的语言形式——符号系统——和社会制度构成了生态意识的障碍。"我们可以希望借助媒体,同时不陷入麦克卢汉式的肤浅解释。不要让任何人对生物学和相关学科的事实一无所知;把我们的孩子作为野生动物的一部分来培养。有些社区能在闭塞的乡村区域建立起来,并蓬勃发展——另一些社区则在城市中心自我维持,这两种类型的社区一起工作——经验、人、钱和家种蔬菜的双向流动。最终,城市的存在可能只是为了欢乐的部落聚会和集市，几周后就会消散。对新生活方式的探究是我们的工作，正如探索**道**也是探索我们的内心疆域——以及与之相伴的已知的崩溃危险。

掌握古老与原始的事物，作为与自然相关的文化的基本模型——以及科学最富有想象力的延伸，并在二者交叉的地方建立一个社区。

**我们自己的思考**：是开始的地方。知道我们是历史上第一个人类，有如此多的人的文化和珍贵经验可供我们用于研究，并从传统文化的重负下解脱出来，寻找一个更大的身份；知道我们是自新石器时代以来第一个文明社会的成员，希望看清荒野的眼睛，在里面看见我们的自我、我们的家族。我们有这些优势来抵消我们这些明显的糟糕缺点——这给了我们一个公平的机会，去探究我们的某些自身之谜和宇宙之谜，超越"人的生存"或"生物圈的生存"这样的观念，认识到万物的核心是某种超越品质、超越生与死的宁静和狂喜的过程，并从这一认识中汲取力量。"不需要幸存！""在毁灭宇宙的火焰之劫难中，什么幸存下来？"——"虚空中绽放的铁树！"

知道什么都不需要做，这是我们行动的出发点。

## "活力是永恒的快乐"

在蒙特利尔的乔治·威廉姆斯爵士大学,一个年轻女子问我:"你最担心什么?"我发现自己回答说:"担心基因库的多样性和丰富性会被破坏……"那里的大多数人都明白这是什么意思。

生命的珍贵在于所有生物的不同基因中存储信息的丰富性。如果人类在某种大灾难后,要以牺牲许多动植物物种为代价而生存,那就不是胜利。多样性为生命提供了适应和响应地球上长期变化的多种能力,保持了这种可能:在将来某个时间,另一条进化线可能会将意识的发展带到比我们这个直立的灵长类动物家族更清晰的水平。

美国、欧洲、苏联和日本有一个习惯。他们沉迷于能源的大量消耗、化石燃料的巨量吞吐和注入。随着化石燃料的储备减少,他们会在生物圈的未来健康上孤注一掷(通过核电),以保持其习惯。

几个世纪以来,西方文明一直有一种生殖驱动,追求物质积累和政治经济权力持续扩张,称之为"进步"。在犹太基督教世界观中,人被看作以地球为戏剧舞台,来制定出其最终命运(天堂?毁灭?)的物种——树木和动物只是道具,自然只是一个广阔的补给站。依赖于化石燃料,这种宗教化的经济观已成为一种癌症:增长失控。它最终可能会让自己窒息,并累及其他。

对增长的渴望没有错。如今问题的症结在于,怎么能像柔道那样,将现代文明壮丽的增长能量转化为一种非索取性的探求,探求更深层的知识,关于自我和自然。自性。母性。如果人们逐渐认识到有许多非物质、非破坏性的增长路径——最高和最引人入胜的秩序——将有助于减轻人们那种普遍的担心,以为稳定的经济意味着致命的停滞。

我花了几年时间,几次回到一个培训场。这是一所日本禅宗分支临济宗的僧侣学校。社区的全部目标是实现个人的普遍解放。在这种对精神自由的探索中,每个人在工作和冥想的时间上都严格按相同的鼓点行进。在老师的房间里,一个人被敦促越过棘手的障碍,进入广阔的新空间。培训是传统的,而且已经传承了数百年——但这些顿悟永远都是崭新的。这种生活的美丽、精致和真正的文明品质,在现代美国是没有的。在小块田地里的手工劳动,收集柴枝来加热浴缸，井水和一桶桶自制咸菜，支持着这种生活。不言而喻的座右铭是"**依靠减少而增长**"。在培训场，我放下了对中国（文化）的怀疑。

佛教徒教导人尊重所有生命，尊重野生系统。人的生活完全取决于野生系统的相互渗透网络。尤金·奥德姆[1]在他的《生态系统发展战略》这篇有用的论文中指出了美国何以有年轻生态系统的特征。某些美洲印第安文化具有"成熟"的特征：与生产相平衡的保护，与增长相平衡的稳定，与数量相平衡的质量。在普韦布洛人的社会中，实行一种终极的民主：植物和动物也是人，通过某些仪式和舞蹈，它们在人类的政治讨论中被给予一席之地和发言权。它们被"代表"。口号必须是"权力属于所有人"。

在霍皮人和纳瓦霍人的土地上——布莱克台地，此刻整个问题正被反复斟酌。癌症正以露天采矿的形式吞噬着"地球母亲"的胸膛。这是为了给洛杉矶提供电力。对布莱克台地的保卫系于传统印第安人、年轻的印第安激进分子和知识分子之身。布莱克台地通过古老而复杂的神话之网向我们发言。她是神圣的版图，听从她的声音就是要放弃那个来自欧洲的词语"美利坚"，接受这片大陆的亦旧亦新的名字："**龟岛**"。

---

[1] 尤金·奥德姆（Eugene P. Odum, 1913—2002），美国生态学家，被称为"现代生态学之父"。

知识分子回归边际性农田[1]不是对19世纪的某种怀旧式的重演。这是一代白人终于准备向长者学习。假如我们的子孙后代在未来许多年里仍会生活在这里（而不是在月球上），我们该如何在这片大陆上生活。热爱并保护这些泥土、这些树木、这些狼。**龟岛原住民**。

一种缩小规模、平衡的技术是有可能的，如果能从掠夺、重工业和永续增长的癌症中解脱出来。无论是在乡村还是城市，那些已经意识到这些必要条件，已经开始"依靠减少而增长"的人，是唯一有价值的反主流文化。对于洛杉矶，电不是能源（活力）。正如威廉·布莱克所说："活力是永恒的快乐。"[2]

---

1　指自然条件较差但可以生长或种植某些适应性强的植物的土地。
2　出自英国诗人威廉·布莱克的《天堂与地狱的结合》。

# 荒 野[1]

我是个诗人。我的老师是其他诗人、美洲印第安人和几位日本僧人。我来这里,是因为我希望能带来荒野——我的选区的声音。我希望为一个界别发言,这个界别在知识圈或政府部门常常没有代表。

几年前,我在华盛顿州喀斯喀特山脉[2]攀登格拉西尔峰[3],那是我见过的最晴好的一天。攀上格拉西尔峰峰顶时,我们几乎可以看到加拿大的塞尔扣克山脉。向南可以看到

---

[1] 在加利福尼亚州圣巴巴拉市民主惯例研究中心一次研讨会上的发言记录。——作者注
[2] 喀斯喀特山脉(the Cascades),南起加州北部,经俄勒冈州、华盛顿州,北至加拿大,是世界上火山最活跃的地区之一,被称为"太平洋火环"的一部分。
[3] 格拉西尔峰,与亚当斯山、雷尼尔山、圣海伦斯山、贝克峰共称华盛顿州的五座活火山。

比哥伦比亚河还远的胡德峰和杰斐逊峰。当然，也可以看到亚当斯山和雷尼尔山。我们可以看到普吉特海湾对面的奥林匹亚山。我的同伴是一位诗人，他说："你想，有一位参议员代表它们吗？"

不幸的是，没有一个参议员代表它们。我更愿意考虑一个新的人道主义定义和一个新的民主定义，将"非人类"包括在内，拥有来自这些范围的代表。我想，这就是我们所说的生态良知。

我不喜欢西方文化，因为我认为其中有许多东西本身是错误的，是环境危机的根源；环境危机并非最近才有，而是非常久远，已经积累了一千年。诚然，西方文化中有许多东西令人钦佩，但是，一种文化如果将自己疏离于它所依存的大地——疏离于外部的荒野（也就是说，野生的自然，荒野的，自给自足的，自我定性的生态系统），疏离于另一片荒野，内在的荒野——注定是一种毁灭的行为，最终或许是自我毁灭。

西方文化并不是携带这些毁灭性种子的唯一文化。实际上，公元800年，印度已经砍光了自己的森林。中东的土壤甚至更早就被毁了。曾经覆盖南斯拉夫山地的森林，因为建造罗马帝国的舰队而被伐光，从那时起，那些大山看起来就像犹他州。意大利南部和西西里岛的土地被罗马帝国的大农场主制、以奴隶为劳动力的农业所毁坏。美国大西洋海岸的土壤在美国革命前因为"单一作物（烟草）

农业"而被破坏了。所以说，同样的力量在东西方都在起作用。

你不会想到诗人会卷入这些事情。但对着我（作为一个诗人）说话的声音，西方人所称的缪斯，正是自然本身的声音，而古代诗人把她称为伟大的女神，**大母神**。我把这个声音看作一种非常真实的存在。我们的文明出错的问题根源即在于错误地认为：自然是不那么真实的东西，自然不像人那样有活力，有智力，在某种意义上它是死的，同时动物在智力和感觉上的等级如此之低，我们无须考虑它们的感受。

原始人和文明人之间画有一条线。我认为在原始人的世界观中有一种智慧，我们必须参考，从中学习。如果我们处在后文明的边缘，那么我们下一步必须考虑原始人的世界观：它在传统上和智力上试图打开与自然力量进行交流的通道，并使之保持敞开。你不可能待在实验室里与自然力量进行沟通。问题是我们对原始人和原始文化所知不多。如果我们能暂时接受这种可能性：自然具有某种程度的真实性和智力性——这要求我们更加敏感地看待自然，那么我们就可以转入下一步。"智力"这个词不准确，生态学家尤金·奥德姆使用了"生物量"这个术语。

他说，生命的生物量是存储的信息；活质是存储在细胞和基因里的信息。他相信，在几平方米大小的森林里存储的高一等级的完备复杂的信息，要超过人类所有图书馆里存储的。显然，那是不同等级的信息，是我们生活于其中的宇宙的信息，是百万年来一直在流动的信息。在这个总体的信息语境中，人未必是最高级的或最有趣的产物。

也许进化论中最有趣的一个实验——如果我们能用这种方式来讨论进化——不是人，而是高度的生物多样性和复杂性，向越来越多的可能性敞开着。植物处在食物链的底端，它们进行最初级的能量转换，使所有生命形式成为可能。所以，也许植物生命就是古人所说的伟大女神。既然植物支持其他生命形式，它们就成了土地上的"人"。而土地——一个地区——是一个区域，其中水、空气、土壤，以及地下的地质和上空（可能是平流层）的风相互作用，一起产生小气候和大的顶极模式，使整个地球表面或范围内的生命成为可能。这个范围内的"人"就包括了动物、人类和各种野生生命。

那么，我们必须想办法去做的，是把其他"人"——苏族印第安人所说的爬行的人、站立的人、飞行的人、游泳的人——纳入政府委员会。没有你想的那么难。如果我们不这样做，它们就会反抗我们。它们将对我们在地球上的逗留提出不容商量的要求。此刻，我们正开始接收到空气、水、土壤的不容商量的要求。

关于我所说的从其他领域、团体、社区来到这里的"代表"，我想扩展一下。生态学家谈论橡树群落或松树群落的生态学。它们确实是群落（共同体）。这个机构——这个中心——是族长们的会议厅。它的作用是在最高层次上保持和传播部落的传统。如果它正在完整地做着这项工作，它会有一个周期性的庆典，与季节轮替相对应，也许还与鱼的洄游，与月亮的相位相对应。它还能指导你，比如在孩子出生时，有人进入青春期时，有人结婚时，有人死亡时，遵守什么样的仪式。但你明白，在这支离破碎的时代，一个委员会不可能同时履行所有这些职能。尽管如此，我们仍然可以理解，一个由族长们组成的委员会，文化传统的管理者，应该对其他生命形式的代表敞开。历史上，艺术中已经这样做了。法国南部洞穴绘画中的野牛和熊就是这样。动物们通过人来说话，表达它们的观点。在普韦布洛印第安人和其他民族的舞蹈中，有人被鹿的精灵所支配，像鹿一样跳舞，或跳玉米姑娘[1]的舞蹈，或模仿南瓜花，他们不再作为人说话，而是通过自己人类的属性，承担起代言的角色，诠释其他生命形式的模样。关于在我们的民主社会中，把为其他生命代言纳入发言人制度的可能性，这是我们迄今所知道的全部。

让我描述一下我的一位里奥格兰德的普韦布洛朋友是如何打猎的。他二十七岁。普韦布洛印第安人，我想应该还有西南部大多数的其他印第安人，他们开始打猎前，首先净化自己：他们会催吐、汗浴，也许还会避开妻子几天。

---

[1] 美洲印第安神话中的玉米女神，能从身上搓下玉米粒，通常是七位，大部分时间在跳舞。

他们也尽量不去想某些想法。他们以谦卑的态度外出打猎。他们确信他们需要打猎，而非毫无必要地打猎。他们在山上会即兴唱一支歌。他们一边走一边大声唱歌。这是一首献给鹿的歌，请求鹿愿意为他们而死。他们通常是"静猎"，在小路边找个地方。感觉你不是在猎鹿，是鹿朝你走来；只是因为那只鹿将要把自己献给你，或已经把自己献给你，你才适时出现。然后你对它开枪。开枪后，你把脑袋砍下来，把脑袋朝东放好。你在鹿嘴前面撒玉米粉，向鹿祈祷，请求它原谅你杀了它，请求它理解我们都需要吃，并请它向其他被善待的鹿的精灵报告。在所有原始文化中都能找到这种处理事物和动物的方式。

## "在此"意味着什么

低矮山脊的缓坡和草地——细密幽深的树丛,显出那里以前的样子,像在威洛比环境保护协会的土地旁边,即将被尤巴河木材公司砍伐的土地管理局的地块上一样——山脊大部分地方是荫翳的树林,有点儿毛茸茸的,但平静且正在生长——那里是人类的空间。足够容纳一些两条腿的生物。

发出细碎响声的青草和蓝橡树,刺鼻的黏性花朵特有的气味,让路,攀爬,穿过沙滨松,进入黑橡树和黄松;甜桦树,熊果,奇奇笫斯。这是我们的家园。我们挖井,想知道地下水位是从哪里来的。

我们想知道在夏季的炎热里,鹿去了哪里,秋天时它们又从哪里回来,向东往山里去了多远。在三十英里的缓慢爬升中，山脊连着山顶，八千英尺。纯花岗岩；几个小湖泊。坐禅，凌晨五点半，除了松林里的风，唯一的声音是进山拉木材的空卡车沿泰勒公路而上的微弱声音，穿过从前的水力采矿场，从黑暗咖啡馆驶出，到位于"棋盘状区域"的山脊的木材销售处——南太平洋和塔霍国家森林[1]区域混杂在一起。

沿着猪背岭，从查克和佛兰科的住处下来（现在我们称这里为猪背岭，但在一年前，它只是"通往一条河的路上长满青草的坪地，我们曾在秃山顶上寻找卢·韦尔奇[2]，在那儿看到了那条河"），是一条周六社区工作日修建的小路，一直通到那个巨大的洞和尤巴河南汉的直角弯（尤巴一词来自西班牙语 uva，"葡萄"）。确切地说，这是真正的内华达山花岗岩最后一串清晰的骨头露出的地方，河流不得不警惕它的硬度，她做到了，她转了弯。

夏天的一个星期一，我们都去了那里，带着一包野餐的东西，整个下午都懒洋洋地在尤巴河苹果绿的水中游泳。**尤巴妈**。她的子宫王国曼陀罗中心正好是我们所在的地

---

[1] 塔霍国家森林位于加利福尼亚州，塔霍湖西北，南北大致介于尤巴河上游和亚美利加河上游之间，整个森林有3526.8平方公里，总部位于内华达市。

[2] 卢·韦尔奇，诗人，加里·斯奈德的好友，里德学院时的同学。1971年5月下旬，住在离斯奈德的内华达山中住处不远的的韦尔奇独自带枪和背包进入山中，一去不返。斯奈德组织人员进行了五天的爬梳式搜寻，一无所获而放弃。放弃的原因似乎在于他们感到搜寻有违出走者的意愿，正如一位参加搜寻的朋友所写："寻找一位明显决意不被发现的人，似乎是可憎的。"

方，只有**秃山**（那个禁欲者）为游目而上的眼睛提供了空间——岩石和灌木的山坡。

就这样,山脊和河流。黄昏时再回来。在松树和橡树下,三千英尺，也很爽。离邮箱只有三英里。

分水岭：内华达山脉北部的西坡，南岔之上东西走向山脊的南坡，在黑橡树与美国黄松交错的高度。

## 关于《说到诗人》

**"活力是永恒的快乐"**[1]——威廉·布莱克在《天堂与地狱的结合》中说。我们拿这句话干吗？当前超发达国家（美国、日本等等）因石油和电力短缺而面临一场"能源危机"（有些国家计划用核电进行一场绝望游戏）。我们必定记得，石油和煤是太阳的能量被远古的植物生命锁在细胞里，储藏起来的。"可再生"能源的来源是今天的树木、花朵和所有生命之物，尤其是植物生命，它们做着能源转化的基础工作。

当今世界各国依赖这些燃料。但还有另一种能量，在每个生命体内，接近于太阳的能量来源但方式不同。内心

---

1 本文中"活力""能源""能量"在原文中是同一个单词"energy"。

的力量。从何处来呢?"快乐。"活着的快乐,同时知道无常和死亡,对此接受和掌控。一个定义:

> 快乐是纯真的喜悦,
> 它的产生伴随着感受和理解
> 那美妙的,空无的,复杂的,
> 内在渗透的,
> 互相拥抱的,闪亮的
> 超越了一切歧视或对立的
> 独一的世界。[1]

这种喜悦持续地反映在世界各国的诗和歌曲中。《说到诗人》从古代五种要素中探索快乐的境界,这**五种要素**,在古代希腊和中国都被视为物质世界的组成部分。印度的佛教哲学家增加了第六种——意识或心智。我很想把这首诗命名为《五要素包含着;被刺穿;心智》——正如通常在**大日如来**[2]画像中的手印上可以看到的。

**大地**是我们的母亲,男人或女人直接走向她,不需要

---

[1] 伯克利的薛爱华(Edward Schafer)博士提出了另一种定义,他将自己描述为"富有想象力但不讲道理的学究"[实际上,他是研究器物诗(the prosody of artifacts)、工具诗(the poetry of tools)的学者]。快乐是深刻的喜悦,/它的产生伴随感受和理解/那美妙的,充实的,复杂的,/富于反射的,/独一超然的,多彩的/超越了所有细微差别的/复杂世界。——作者注

[2] 大日如来,又译作毗卢遮那,是释迦牟尼佛的三身之一,又是密宗的根本佛。

中介。

**空气**是我们的呼吸、精神和灵感；一种流动，当它"发出声"时就成了说话——"以相同的推力向后卷曲"，接近日语中"節"的意思——结，或谷物上的旋涡，是指歌曲。

**火**必有燃料，而心的燃料是爱。让诗燃烧的爱，不只是这春天的绿色，还包括古老的同情、怜悯和性爱行为，这些隐藏于我们的存在之后，是我们的基因和梦想中储存的能量——对这种深埋的、带入有意识的思想中的甜蜜，"化石之爱"是一个会心的称呼。

**水**是创造物，我们爬过的淤泥；细胞中冲洗的潮汐。**水诗人**是**造物主**。他的书法是我们这些众生的足印和痕迹，留给彼此；留在世上；留在他的诗中。

但是请把这一切全部吞下。大小不是问题，很小的空间包围了巨大的空无。那里，那些巨大的旋涡，星星悬挂。谁能到宇宙之外？但诗生于别处，不需停留。像那只北极的天鹅，它飞向家园，远远超出边界，许多东西无法越过。

此刻，我们同时在世界之内和之外。这唯一的地方，这可能是心智。啊，怎样的一首诗。它是那种完整地，在过去，现在，同时也在未来，正看见存在，也正被看见。

我们真能做到这样吗？但我们做到了。所以我们唱歌。诗献给所有男男女女。内在的力量——你给予的越多，你就有更多的可以给予——仍会是我们的能源，当煤炭和石油早已消失，剩下的原子仍在平静地旋转。

# 译后记

　　有幸接手翻译斯奈德这本"登峰"之作，没想到第一首便困难重重，好在不久后在网上找到了一本解读这首诗的三十页的小书，漂洋过海网购回来，化为几条注释。整本诗集的翻译持续近一年，中点正好在春节期间，别是一番滋味。译事临近结束时，有一阵子终于在谷歌和谷歌图书上查了相关资料和评论著作，后来又在书柜里翻出两本书：《理解加里·斯奈德》《关于加里·斯奈德的批评文集》，一番惊喜后，又是数周的阅读和修改。在这样译之有据的幻觉中，摘译了部分文字作为本书的译注，供读者参考。但有些诗作，像那首《蛋蛋》，花了太多时间查找，总也找不到。网上查找了大量图片，一部分放在我的豆瓣相册"斯奈德诗集龟岛"里，大家可以查看。赵毅衡先生提到:"1975年他(指斯奈德)的诗集《龟岛》得普利策奖,这是反学院派诗人第一次得到这个由学院派控制的奖金。"提醒我们关注这本诗集中非传统的地方,除了思想观念,也表现在字母大小写、某些标点符号的用法、诗句的排列、文句的组织等细节处,凡此种种,译者尽量兼顾意与形,力所能及地保留或转换,请读者自己感受。文字表达方面,第三首最费斟酌,"WITHOUT"这个标题译起来左支右绌、前后失据。我先是回到它的古义,译作"外部",与诗中"内部"对应,后来读相关评论时又改成"之外",仍觉得不足,再改成"无物",最后还是找了一个古词"无外",感觉好些吗?幸亏必须交稿了,否则,恐怕还会这样改来改去,满心的犹疑不定——这是译诗的三昧吗?是为记。

柳向阳

2020年5月

## 图书在版编目（CIP）数据

龟岛：斯奈德诗集 / (美) 加里·斯奈德著；柳向阳译 . — 北京：北京联合出版公司，2021.1

ISBN 978-7-5596-4725-2

Ⅰ. ①龟… Ⅱ. ①加… ②柳… Ⅲ. ①诗集—美国—现代 Ⅳ. ① I712.25

中国版本图书馆 CIP 数据核字 (2020) 第 249086 号

## 龟岛：斯奈德诗集

作　者：[美] 加里·斯奈德
译　者：柳向阳
出品人：赵红仕
责任编辑：夏应鹏
特约编辑：陈雅君
装帧设计：孙晓曦　pay2play.design

---

北京联合出版公司出版
（北京市西城区德外大街 83 号楼 9 层　100088）
北京联合天畅文化传播公司发行
山东临沂新华印刷物流集团有限责任公司印刷　新华书店经销
字数 106 千字　860 毫米 × 1092 毫米　1/32　6 印张
2021 年 1 月第 1 版　2021 年 1 月第 1 次印刷
ISBN 978-7-5596-4725-2
定价：49.00 元

---

**版权所有，侵权必究**
未经许可，不得以任何方式复制或抄袭本书部分或全部内容
本书若有质量问题，请与本公司图书销售中心联系调换。
电话：64258472-800

TURTLE ISLAND
by Gary Snyder
Copyright©1969, 1971, 1972, 1973, 1974 by Gary Snyder
Translated and Published by arrangement with
New Directions Publishing Corporation, New York.
Simplified Chinese edition copyright
2021 Shanghai EP Books Co., Ltd.
All rights reserved.